사망 유희로 밥을 먹는다.
6
우카이 유시
일러스트 | 네코메타루

? ? ?

???

유우키가 익힌
『보이지 않는 것을 보는』
힘으로 인해 나타난 환영.

HEAD TO HEAD
헤드 투 헤드

메이든 레이스
MAIDEN RACE

"클리어하면
어떻게 되는데요?
상금 같은 게
나오는 건가요?"

유우키
YUKI

「좋은 아르바이트가 있다」
그런 꼬임에
내용도 확인하지 않고
순순히 첫 참가.

메이든 레이스
MAIDEN RACE

"감사합니다.
누군가와 대화를
하고 싶은
기분이었어요.
자꾸만 불안해서……."

Shizuku
시즈쿠

카나데의 언니.
속아서 게임에 참가한
여동생을 따라
게임에 첫 참가.

"싫어.
더는 못 걷겠어."

카나데

Kanade

시즈쿠의 여동생.
빨리 돈을 벌 수 있는
일이 있다는 말에
게임의 내용을
모르는 채로 첫 참가.

메이든 레이스

MAIDEN RACE

메이든 레이스
MAIDEN RACE

"생기가 없다고
말해야겠죠.
살아가는 것이
제 안에서는
당연하지 않게
되었으니.
그래서 이 게임에
참가한 겁니다."

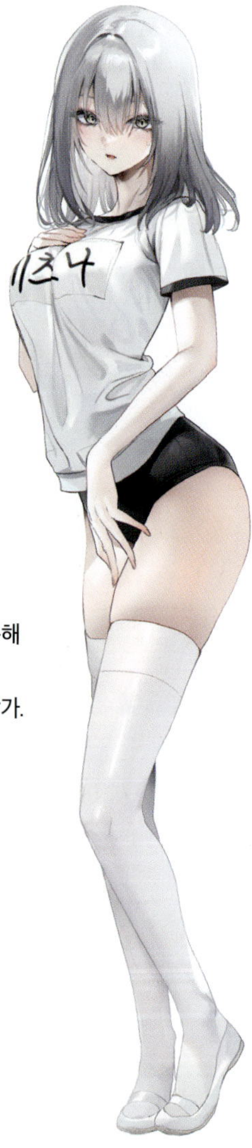

세츠나
Setsuna

살아갈 이유를 찾지 못해
자신의 운명을
게임에 맡기려고 첫 참가.

스노우 룸
SNOW ROOM

"〈의식〉을 시작합시다.
그녀의 상상을
받아들이기에 충분한,
격조 높은
의식을 말이죠……."

링링
Rinrin

맹인인 전직 플레이어.
유우키의 요청에 응하여
모의 게임을 준비한다.

스노우 룸

SNOW ROOM

유우키

Yuki

클리어 횟수 60회를 넘긴
베테랑 플레이어.
자신의 <환영>과 대치한다.

"무엇 때문에……
네가 말하는, 민감하고 복잡하고
나약한 인간이 된 것 같아?
99회 때문이야.
그걸 위해 감각을 연마했기 때문이야.
그걸 옛날로 되돌려 어쩌자고?
본말전도잖아."

사망 유희로 밥을 먹는다. 6

우카이 유시 지음
네코메타루 일러스트
이희경 옮김

NOVEL

CONTENTS

권두·본문 일러스트 • 네코메타루

깊이 가라앉을수록, 숙달될수록

보고 싶지 않은 것을 봐 버린다.

0. 헤드 투 헤드

(0/3)

유우키는 자기 집으로 돌아갔다.

(1/3)

전깃불을 켰다.

세 평짜리 집이 변함없는 모습을 드러냈다.

그러나 그 안에 이채를 내뿜는 것이 하나 있었다. 아니, 〈것〉이라고 불러도 될지 의문이다. 왜냐하면 그것은 한없이 실재감을 내뿜으면서도 모습이 일렁이고 있었기 때문이다.

〈그것〉은 딱 보기에는 유우키와 똑같은 모습이었다. 마구 기른 머리카락에, 생기 없는 얼굴에, 오래 입어서 낡은 운동복에 유령 같은 분위기. 야쿠자 조직의 중역 같은 거만한 태도로 바닥에 책상다리를 하고 앉아 있었는데, 실내이기 때문에 신발은 벗고 있었지만 그럼에도 불구하고 신발은 현관에 없었다. 그녀가 실체가 있는 존재가 아니라 〈환영〉임을 시사하는 사실이었으나, 유우키가 아무리 다시 쳐다봐도 〈그것〉이 시야에서 사라지는 일은 없었다.

그러한 유우키의 노력을 비웃기라도 하듯 환영의 입술이 비뚤어졌다.

"소용없어. 나의 존재는 이미 반쯤 너로부터 독립한 상태이지. 술을 퍼마셔도 사라지지 않을걸.”

목소리까지도 유우키와 완전히 똑같았다.

“뭐야, 너는.”

유우키가 물었다.

“아까도 말했잖아. 나는 너야.”

“왜 이런 게 보이지? 왜 나타났어?”

“그건 네 쪽이 더 잘 알지 않아? 나를 부른 건 다른 누구도 아닌 너라고.”

유우키는 입을 다물었다. 정곡을 찔렸기 때문이다.

녀석이 말하는 대로 대충 짐작은 하고 있었다. 빌라 밖에서 환영과 만나 집으로 돌아오던 중 생각이 났다. 자신이 저지른 짓을…….

타마모— 누구라도 돌아보지 않을 수 없는 수려한 용모의 플레이어. 유우키는 그녀의 스승이라는 자리를 포기하고 그럴싸한 핑계를 대서 관계를 끊었다. 후에 〈로열 팰리스〉의 마지막 장에서 그녀와 재회. 타마모를 죽여야만 살아 돌아갈 수 있는 상황에 몰렸다. 적당주의로 타인과 관계를 맺었기 때문에 벌을 받은 것이다. 그렇게 생각하며 해야 할 일을 실행하고 제법 감상적이 된 탓에 이런 것을 보고 있다.

유우키는 왼쪽 눈을 감았다.

오른쪽 눈만으로 자신과 닮은 환영을 보았다.

평범하게 생각하면 이 표현은 이상하다. 유우키의 오른쪽 눈은 이미 시력을 잃어서 본다는 것이 가능할 리가 없기 때문이다. 그러나 오른쪽 눈 하나로만 본 시야에도 환영의 모습은 비치고 있었다. 보일 리가 없는 오른쪽 눈에 보인다. 그 존재감도 강하게 느껴진다.

유우키는 〈로열 팰리스〉를 통해 시각 정보에 기대지 않고 사물을 보는 법을 터득했다. 원래 갖고 있던 인기척을 읽어내는 능력도 있다. 그 두 가지가 만약, 어떤 이유로 잘못된 방향으로 작용한다면 **실제로는 없는 인간의 존재를 느낄 수도 있다**. 트리거는 타마모이고 구현한 것은 유우키의 초인적인 감각. 그것이 이 환영을 구성하는 배경인 것이다.

"훌륭한 답이야."

환영은 그렇게 말했다.

유우키 자신이기 때문에 마음을 읽을 수 있는 모양이다.

"네가 실력을 닦아준 덕에 이렇게 표면으로 드러날 수 있었던 거야. 그 기술에 감사를 표할게."

그러나, 라고 환영은 말을 잇는다.

"그 심리에 관해서는 경멸을 금하지 못하겠네. 제자를 죽이고 충격을 받는다? 이봐, 적당히 좀 해. 그런 꼴사나운 짓을 하지 말라고. 너답지 않게."

유우키는 대답하지 않았다.

"대체 어떻게 된 거야? 옛날에는 더 단순한 인간이었잖아? 언제부터 그런 엉터리 같은 골치 아픈 걸 생각하게 되었지? 그

건가, 그 하쿠시라는 게 안 좋았던 걸까? 아니면 미시로인가? 혹시 그 타마모야? 누구든 간에 시건방지다니까. 좀 더 편하게 가자고."

환영은 그러더니 유우키와 눈을 맞췄다.

"생각해 내. 네가 원래 어떤 인간이었는지."

마치 시선을 통해 정보를 주입받은 듯 유우키의 의식은 과거로 끌려들어 갔다.

(2/3)

유우키에게 인생이 시작되었다고 할 만한 순간.

그것은 물론 9회차 게임 〈캔들 하우스〉이다. 유우키를 현재의 유우키로 만든 세례와 같은 게임.

하지만 당연히 물질적인 의미로 그보다 전부터 유우키의 인생은 있었던 것이다. 〈캔들 우즈〉 이전, 그 즈음의 유우키는 하쿠시의 어리석은 제자로서 목적 없이 그저 제자리걸음만 하고 있었다.

그리고 그보다 더 전.

하쿠시와 만나기 전은 이미 망각의 저편에 있다. 당시의 기억을 유우키는 되도록 떠올리지 않으려고 하고 있었다. 제자 시절의 자신은 지금으로 이어지는 도중의 과정으로서 받아들일 수 있었지만, 그 당시의 자신은 못하는 건 아니지만 용서하기 힘든 존재였고 의식에 떠올리기조차 싫었기 때문이었다.

그러나 이렇게 된 이상 되돌아볼 수밖에 없다.

자신이 어떤 인간이었는지.

자신이 얼마나 둔감한 인간이었는지.

(3/3)

1. 메이든 레이스 (1회차)

(0/25)

높은 곳에 세워진 발판 위에서 세츠나는 눈을 떴다.

(1/25)

망루 같기도 하고 감시탑 같기도 하고 또는 등대 같기도 한, 높게 우뚝 선 건조물의 위였다.

발판의 넓이는 사방으로 15미터 정도. 가장자리에는 온통 난간이 둘러져 있었다. 소재는 주로 목재이고 천장은 없다. 그러므로 빛이 차단되지 않아 햇빛이 모든 면적 구석구석에까지 내리쬐고 있었다.

그런 발판 위에서 세츠나는 눈을 떴다.

눈을 뜬 것은 세츠나 뿐이 아닌 모양이었다. 그곳에는 그 밖에도 많은 아가씨가 있었다. 거의 전원이 이미 눈을 떠서 진득하지 못하게 두리번거리거나 난간에 기대어 쉬고 있는 등 각양각색으로 시간을 보내고 있었다. 그 숫자를 대충 세어보니 약 50명. 모두 세츠나와 동년배인 꽃다운 나이의 아가씨들뿐이었고 게다가 모두 같은 차림새였다.

세츠나는 자신이 입고 있는 〈그것〉을 집고서 잘 관찰했다.

체육복이다.

독특한 촉감의 흰색 천에 목 주변과 소맷부리의 요소요소에 검은색이 들어 있다. 가슴에는 번호표가 달려 있고, 거기에는 자신의 이름인 〈세츠나(雪名)〉라는 두 글자가 새겨져 있었다. 하반신을 감싸고 있는 것은 블루머. 꽤 오래전에 일본의 교육 현장에서 자취를 감추었고 프로 운동선수나 사용하는 의상이었다.

이 나라에서 체육복 복장을 하게 되는 경우는 주로 두 가지다. 하나는 학교 체육 시간. 또 하나는 온갖 망측한 행위를 할 때. 이번에는 후자의 행위에 속한다는 것을 세츠나는 알고 있다.

세츠나는 일어서서 발판의 가장자리까지 걸어갔다.

난간을 붙잡고 주변을 둘러보았다.

그리고 놀라움을 드러내지 않을 수 없었다.

높은 곳에 설치된 발판, 그 바깥에는 빽빽한 **침봉**이 있었다. 꽃꽂이할 때 쓰는 작은 게 아니라, 인간을 세로로 세워 거뜬히 꽂아놓을 수 있을 만큼의 거대한 것. 그것이 마치 군생하는 침엽수처럼 난립한 상태였다.

침봉은 발판을 둘러싸고 온 사방에 깔려있었다. 발판의 지름보다도 긴 거리에, 적어도 30미터 정도로 빈틈없이 이어졌고 그 너머에는 진짜 침엽수림이 있었다. 보아하니 이 발판은 숲을 개간해 만든 공간에 있는 듯 보였는데 그 주위만이 인간이 만든 악의로 뒤덮여 있었다.

사전에 설명을 듣기는 했으나 놀라지 않을 수 없었다.

세츠나는 확신했다.

이것은 진짜 살인 게임이다.

(2/25)

이면의 세계에서 벌어지는 살인 게임.

클리어하면 파격적인 상금.

그것이 에이전트에게서 들은 설명의 개요다. 설마 그런 게 있을까, 라고 반신반의하는 기분으로 참가한 세츠나였으나 이런 것을 목도하고 나니 믿지 않을 수 없었다. 〈파격적인 상금〉에 관해서는 아직 신빙성이 의심되었지만 이 경우 그게 문제가 아니다. 왜냐하면 세츠나의 기대는 주로 〈살인 게임〉이라는 부분에 있었기 때문에…….

"혹시."

누군가가 말을 걸어왔다.

옆을 보자 2인조의 플레이어가 있었다. 한 명은 대학생 정도로 보였고 다른 한 명은 초등학생 정도.

그 두 사람을 보고 세츠나는 자매일까, 하고 생각했다. 어딘지 모르게 생김새가 닮았고 서로에게 찰싹 밀착되어 있었기 때문이다. 키가 작은 쪽이 아마도 여동생일 텐데 얼굴을 가슴에 파묻고서 나머지 한 사람에게 안겨 있었고, 그 머리를 다른 한 사람인 언니로 보이는 쪽이 부드럽게 쓰다듬어 주고 있는 구도였다. 자세 때문에 번호표의 플레이어 네임은 보이지 않았다.

"이야기할 수 있을까요, 잠깐."

언니 쪽이 그렇게 말했다.

"네, 아…… 네."

낯선 타인과 갑자기 잡담을 한다는 상황에 익숙하지 않았던 세츠나는 잠시 당황하고서 대답했다.

"감사합니다. 누군가와 대화를 하고 싶은 기분이었어요. 자꾸만 불안해서……."

그렇게 말하고 언니는 시선을 내려 품에 안겨 있는 여동생을 쳐다봤다. 잔뜩 겁에 질려 입도 뻥긋 못 하고 있었다.

"그야, 불안하겠죠……."

세츠나는 그렇게 답했다.

"목숨을 건 게임이라니."

"아, 역시 그런 거로군요. 경험자이신가요?"

"아뇨, 처음인데, 하지만 보면 알죠."

시야 가득 비치는 침봉을 의식하며 세츠나가 말했다.

"……관찰하기로는."

언니로 보이는 플레이어가 말했다.

"**저 통나무**를 건너가라는 걸까요?"

세츠나의 표정 근육에 힘이 들어갔다. 얼굴이 험악해졌음을 자각했다.

그렇다. 침봉의 임팩트가 너무 강해서 구태여 주목하지 않았지만 그런 것도 있었다. 군생하는 침봉 사이로 드문드문 통나무가 뻗어 있었다. 두꺼운 것도 있고 얇은 것도 있었으나 전부 같은 높이로 잘려 늘어서 있었다. 침봉이 밀집된 정도에 비하면 뜸하게 배치되어 있었는데 통나무와 통나무 사이의 거리는 1미터가 안 되는 정도, 즉 **딱 좋게 제자리 멀리 뛰기로 이동할 수 있는 거리다**.

더 말하자면 세츠나는 **목적지**로 추측되는 장소도 이미 눈으로 확인했다. 여기서는 아득히 먼, 통나무를 몇십 회나 뛰어넘어야만 도달할 수 있을 정도의 건너편에 또 다른 발판이 있었다. 이쪽 발판과 마찬가지로 목재를 짜서 만든 건조물 위에 있었는데 이곳과는 달리 육지 위의 외딴섬이 아니라 길이 뻗어 있었다. 길이 이어진 끝을 세츠나는 눈으로 좇았으나 도중부터 주변에 우거진 침엽수림에 빨려 들어가 보이지 않았다.

침봉과 통나무와 저 너머 멀찍이 있는 발판. 이 요소들이 암시하는 것은?

"통나무를 건너뛰는 경기, 겠죠. 이런 위험한 경기에 도전하는 게임일 것이고요."

언니로 보이는 플레이어가 그렇게 말했다.

"그렇다면 장난이 아닌데……. 아무도 안 할 걸요, 이런 건."

"안 할 수 없을지도 몰라요."

"무슨 뜻이죠?"

"또 하나, 신경 쓰이는 게 있어요. 이 발판의 한가운데에……."

언니로 보이는 플레이어는 뒤돌아 보고는 말을 이었다.

"보시는 게 빠르겠네요."

세츠나와 자매는 발판의 중앙으로 향했다.

주로 목재로 만들어진 발판이었는데, 중앙 부분의 바닥에는 폭이 넓은 액정이 설치되어 있었다. 보아하니 뭔가가 표시되어 있는 것 같은데…….

"……누군가 자고 있네요."

세츠나가 그렇게 말했다.

그 말대로 패널 위에는 잠들어 있는 플레이어가 있었다.

키는 큰 편이고, 머리는 길고, 마치 유령 같은 흰 피부. 가슴의 번호표에 새겨진 〈유우키(幽鬼)〉라는 두 글자가 숨을 쉴 때마다 천천히 늘었다가 줄었다가 하고 있었다. 그녀의 몸으로 액정 화면의 대부분이 덮여 있어 아무것도 보이지 않았다.

"제가 봤을 때는 이렇지 않았는데……. 뒤척이다가 여기까지 이동한 걸까?"

세츠나가 발판을 둘러본 바로는 아직 자는 플레이어는 이 유우키라는 여자아이뿐이었다. 이런 잠꾸러기가 다 있나, 라고 생각하며 세츠나는 그녀를 옆으로 밀었다. 그래도 그녀는 깨어나지 않았다.

드디어 보이게 된 액정에는 타이머가 표시되어 있었다. 초 단위로 숫자가 작아지고 있었는데, 현재 남은 시간은 3분 정도.

"0이 되면 스타트인 것 같아요."

언니로 보이는 플레이어의 추측에 세츠나는 동의했다. 단순히 게임 스타트를 알리는 신호일 뿐인지, 또는 그 이상의 무슨 일이 벌어질지……. 자세한 건 모르겠으나 모종의 움직임이 있을 것임은 틀림없다.

타이머가 0이 되는 것을 기다리는 것 이외에는 할 일이 없을 것 같아서 그렇게 했다. 주위의 플레이어들도 그 타이머가 중요하다고 판단한 듯 주목을 하는 것 같았다.

기다리던 와중에 세츠나가 언니로 보이는 플레이어에게 시선을 향하자 이름표에 〈시즈쿠(静久)〉라고 적혀 있는 것이 보였다. 여전히 여동생이 폭 안겨 있었으나 미묘하게 위치가 바뀐 덕에 읽을 수 있게 된 것이다.

"시즈쿠 씨, 군요."

세츠나가 말했다.

"네? ……아아, 그렇지, 이름이 가려져 있었군요."

이 아이의 머리로, 라고 말하듯 시즈쿠는 여동생의 머리를 쓰다듬었다.

딱 좋은 타이밍인 것 같아서 세츠나가 물어봤다.

"여동생인가요?"

"네. 이 아이를 따라서 참가하게 되었는데요……."

"여동생은 어쩌다가 게임에?"

"빨리 돈을 벌 수 있는 일이 있다는 말을 듣고 참가했대요. 살인 게임이라는 건 몰랐던 것 같아요."

그렇구나, 속아서 왔구나. 자매 둘 다 원래 이런 곳에 올 만한 사람이 아닐 것이다.

―나와 달리.

"세츠나 씨도 속아서 참가했나요?"

"아니요, 저는……."

세츠나가 대답하려던 그때, 시야 끝에서 타이머가 제로가 되는 것이 보였다.

그 직후―.

덜컹하며 뭔가가 낙하하는 소리가 들렸다.

(3/25)

어느 방향에서 울린 소리인지, 알 수 없었다.

그래서 세츠나는 주변을 둘러봤다. 그래도 소리의 원인을 알아내는 데는 시간이 걸렸다. 너무 작아서 그런 것이 아니었다. 너무 변화가 컸던 탓에 도리어 발견이 늦어진 것이다.

손잡이가 사라진 상태였다.

발판을 에워싸고 있던 손잡이가 말끔히 사라졌다.

"……보셨나요, 방금 그거."

시즈쿠가 말했다.

"무슨 일이 벌어진 거죠?"

세츠나가 물었다.

"손잡이가……**떨어졌어요.** 그 밑의 바닥째로."

세츠나는 발판의 가장자리를 봤다. 손잡이가 떨어진 흔적은 발견되지 않았다. 바닥 일부가 무너졌다면 아까보다도 발판의 면적이 줄어들었을 텐데, 어떻게 된 건지 잘 알 수 없었다.

바닥의 거리를 재는 것은 포기하고 세츠나는 타이머에 시선을 돌렸다. 한때는 0을 기록했을 터인 타이머는 현재 〈14:50〉을 표시하고 있었다. 카운트는 지금도 계속되고 있었으며 1초마다 숫자가 줄어들고 있다.

"게임 스타트……인 걸까요."

세츠나는 말했다. 시즈쿠는 고개를 저으며 「모르겠어요」라고 답했다.

판단 재료가 모자란 상황이었다. 분명 손잡이가 떨어짐으로써 발판과 외부의 사이를 막은 것은 사라졌다. 통나무로 뛰어가기 쉬운 상태가 되기는 했으나 그래도 이것만으로는 스타트 신호라고 확신할 수 없다.

세츠나와 시즈쿠뿐 아니라, 다른 플레이어들도 똑같은 심정인 것 같았다. 전부 한결같이 웅성거리며 발판에서 한 걸음이라도 내딛으려 하는 이는 아무도 없었다. 세츠나가 에이전트에게서 들은 바로는, 이 살인 게임을 생업으로 삼은 경험자도 있다고 했는데, 이 분위기로 봐서는 이번에는 없는 걸까. 아니면 경험자조차도 곤혹스러워할 상황이라는 걸까. 진상이 어떻든 아무도 움직이지 않고 그저 시간만 흘러갔다.

생각해 보면 이상한 일이다. 기다린다고 해서 상황이 좋아질 리는 없기 때문이다. 세츠나는 이 게임의 설계자가 개인인지 조직인지조차 모르지만, 이렇게까지 규모가 큰 장치를 해두고 플레이어의 엉덩이를 떠밀 준비를 하지 않았을 리가 없다. 무슨 일이든 일어날 게 빤하다. 그것이 일어나기 전에 시작을 해버리는 쪽이 아마도 현명할 것이다. 이성적으로 생각하면 그러했지만, 침봉을 보면 이성이 움츠러들고 본능이 나섰다. 뭔가 변화가 필요하다는 생각이 들었다. 앞으로 나서야만 하는, 그게 필요하다고 단번에 알아차릴 수 있는 결정적인 뭔가가 필요하다.

그런 마음이 가득한 발판에서 타이머의 시간은 깎여 나갔고 드디어 12분이 되었다.

그리고…… 모두가 바랐던 결정적인 사건이 일어났다.

"……!"

그 순간 세츠나는 옴짝달싹도 할 수 없었다.

발판의 바닥이 3분 전의 손잡이와 마찬가지로 바깥쪽에서 깎여 나가듯 **무너져 내렸다.**

다행히도 세츠나는 타이머 가까이, 즉 발판 중앙 부근에 있었기에 재난을 피했지만 붕괴 영역에도 아가씨는 몇 명인가 있었다. 붕괴하기 시작한 순간 달려서 겨우 안쪽으로 피난한 이도 있었으나, 그 나머지는 무너져 내리는 바닥과 운명을 함께 했다. 떨어지는 이들의 찢어지는 비명 소리가 몇 초간 이어진 뒤—.

목재가 부서지는 소리와 그에 수반한 생생한 소리가 발판까지 도달했다.

머릿속에서 세츠나는 패닉 상태가 될 것을 각오했다.

그러나 의외로 그렇게 되지는 않았다. 세츠나가 그저 숨을 죽이고 있었던 것처럼 다른 플레이어도 그렇게 하고 있었으리라. 오싹할 정도의 정적이 주변을 감쌌다. 사람이 죽었는데도 누구 하나 소리를 지르지 않았다. 소리를 지르면 지금 일어난 일이 사실이라고 확정되어 버리기 때문에, 그래서 침묵하는 것인지도 몰랐다. 세츠나는 차라리 패닉이 일어나는 쪽이 고맙겠다고 생각했다. 알코올이나 튀김을 과식한 뒤처럼 가슴이 답답한 이 감각이 조금이라도 편해지기를 바랐기 때문이다.

"3미터다."

잠시 후 누군가가 중얼거렸다.

그 목소리는 물론 떨리고 있었다.

"3분이 지났으니…… 3미터. 3미터씩 떨어지는 거야……."

세츠나의 머리가, 몸이 움직이지 않은 만큼 활발하게 일하던 머리가 그 의미를 이해했다.

발판의 크기는 사방 15미터. 그리고 타이머도 15분. 3분마다 바깥쪽부터 3미터씩 발판이 깎여져 나가고, 마지막에는 발판 전체가 사라진다. 그러므로 그렇게 되기 전에 통나무 쪽으로 뛰어 건너가야 한다. 그런 규칙이다. 그렇게 설정된 게임인 것이다. 역시 저 타이머는 스타트 신호였다.

모든 걸 이해했지만 세츠나의 몸은 움직이지 않았다.

이런 상황에서도 움직이지 않는다니, 라고 생각했다. 살인 게임이라는 걸 알고 있는데도, 그 사실을 잘 알면서 참가했는데도 막상 위험을 눈앞에 닥치니 이렇게 되는 건가. 정말로 도대체 제어가 안 되었다. 자신의 어중간한 인격이 드러나는 것 같아서 세츠나는 자신에게 화가 났다. 이런 한심한 녀석 같으니…….

"갑시다."

세츠나에게 누군가가 말을 걸었다.

시즈쿠였다.

"아마도 남은 9분이 지나면 또 발판이 줄어들 겁니다. 그렇게 되면 통나무로 건너가기도 힘들어질 거예요. 빨리 가야 해요……."

발판 주변에 설치되어 있는 통나무.

그것들은 가볍게 점프만 해도 건너갈 수 있을 법한 거리에 많이 있었다. 그러나 바닥 일부가 떨어져 나간 탓에 아까와는 상황이 바뀌어 있었다. 3미터만큼의 분량이 떨어졌으니 양쪽으로 나눠 1.5미터. 그만큼의 거리가 멀어진 것으로 계산된다. 남은 9분이 지나고 바닥이 또 무너진다면, 또 1.5미터만큼 멀어진다. 합해서 3미터. 뛰어넘기에는 상당히 고생해야 하는 거리다.

그래서 어서 가야 하는데…….

"게다가…… 세츠나 씨, 보셨나요? **통나무에도 액정 화면이 달린 것**을. 혹시 이 게임은 그런 것일지도 몰라요."

액정? 이라고 세츠나는 생각했다. 거기까지는 주의 깊게 관찰하지 않았다.

이 발판과 마찬가지로 통나무에도 액정이 달려 있었다. 무엇을 위해서? 타이머로서? 그렇다면 무엇을 세는 걸까? 세츠나는 점점 머리가 돌아가지 않게 되었다. 돌리고 싶지 않다고 마음속 어딘가에서 생각하는 것이다.

"갑시다, 세츠나 씨."

시즈쿠가 세츠나에게 눈을 맞추고 반복했다.

그러나 세츠나는 대답할 수 없었다. 네, 라고 대답할 수도, 끄덕일 수도 없었다. 통나무를 향해 발판을 걸어갈 엄두도 나지 않았다.

시즈쿠는 여동생과 함께 발판 가장자리로 걸어갔다. 거기서 시즈쿠는 찰싹 달라붙어 있는 동생을 데리고 뛰어넘을 수는 없었는지 동생을 떼어 놓았다. 세츠나 만큼이나 겁에 질려있는 그 여동생과 시즈쿠는 얼마간 대화를 나눴다. 대화 내용은 들리지 않았지만 아마도 자신이 먼저 뛸 테니 따라오라고 이야기하는 듯했다.

이야기가 끝나자 자매는 워밍업을 시작했다. 주변을 가볍게 뛰어다니며 몇 번이고 발판 위에서 멀리 뛰기 연습도 했다. 세츠나로서는 그것만으로 그녀들의 운동 능력을 판단할 수 없었지만 연습 풍경은 꽤 그럴싸해 보였다.

준비를 마치고 시즈쿠는 드디어 발판 바깥으로 발끝을 향했다.

그 모습을, 아마도 그녀를 제외한 모두가 지켜보고 있었다. 집중되는 시선에 시즈쿠는 조금 복잡한 표정을 지으면서도 연습 때와 똑같이 충분히 도움닫기를 한 뒤 땅을 박차고 뛰어올랐다.

저도 모르게 세츠나는 눈을 감고 말았다.

시즈쿠가 실패할지도 모른다는 생각에, 게다가 그걸 목격하고 싶지 않다는 한심한 근성을 체현하는 행위였다. 자기혐오를 강하게 느끼며 세츠나는 눈을 떴다.

그러자, 다행히도 그녀는 거기에 있었다.

발판 가까이에 있던 통나무 하나에 두 발을 올리고 있었다.

성공한 것이다. 기쁨을 누린 것도 잠시, 세츠나는 헉, 하고 숨을 삼켰다. 시즈쿠의 시선이 발치의 통나무 바닥으로 향해 있었기 때문이다. 더 정확히는 통나무에 설치된 액정 화면에……. 있다는 사실을 알게 되니 세츠나도 그것을 발견할 수 있었다. 그러나 화면에 표시된 내용까지는 읽을 수 없다. 세츠나는 발판 가장자리에 다가가 자세히 들여다봤다.

〈00:22〉라고 표시되어 있었다.

타이머다. 경과 시간을 고려할 때, 아마도 30초부터 스타트했을 것이다. 시즈쿠가 통나무 위에 뛰어오른 시점에서 카운터가 움직이기 시작했다. 무게 센서나 뭔가가 장착되어 있을 것이다. 0이 되면 무슨 일이 벌어질까…… 세츠나는 이미 예상하였다. 시즈쿠도 보아하니 그런 듯, 그녀는 타이머가 10초 아래로 내려간 단계에서 가까이에 있는 통나무로 건너뛰었다.

그리고—.

0이 된 순간, 펑, 하는 소리를 내며 통나무는 **파괴됐다.**

안에 폭탄이라도 매립되어 있었던 것이리라. 탄내를 풍기며 우수수 부서져 발판의 역할을 못 하게 되었다.

"30초예요!"

시즈쿠는 세츠나 일행을 향해 외친다.

"30초 후에 통나무가 파괴됩니다! 올라탄 단계에서 타이머가 작동하고, 0이 되면 저렇게 돼요! 즉, 통나무를 일찍 확보하는 자가 이기는 겁니다!"

그렇게 외치며 시즈쿠는 여동생을 손으로 불렀다. 그녀는 겁을 내면서도 통나무에 뛰어올랐다. 언니처럼 멋지게 점프해 내고서 자매는 그대로 통나무 건너기를 진행했다.

"모두 물러나!"

그때 누군가가 말했다.

"이제 슬슬 9분이 지난다!"

온몸에서 땀이 뿜어져 나오는 듯한 감각과 함께 세츠나는 달렸다.

단, 발판 바깥이 아니라 안쪽으로…….

다행히도 구경꾼 모드로 멍청히 서 있다가 죽는 멍청이는 되지 않고 상황을 넘길 수 있었다. 시간적으로 여유를 두고 경고를 해준 것인지, 세츠나가 안전지대에 진입하고 나서 발판이 무너져 내리기까지 상당한 간격이 있었다. 그 여유 덕에 보아하니 이번에는 아무도 죽지 않았다.

그러나 통나무까지의 거리는 또 멀어지고 말았다.

플레이어들은 발판 바깥을 봤다. 그 뇌 내에서는 아마도 시즈쿠가 마지막으로 한 말이 반복되고 있을 터였다. 이 발판뿐 아니라 통나무에도 타이머가 있다. 30초 후에 무너진다. 누군가가 올라탄 통나무는 파괴되어 두 번 다시 쓸 수 없게 된다, 그 사실이 그야말로 눈앞에서 증명되었다. 시즈쿠와 그 여동생이 건너뛴 통나무가 차례대로 파괴되는 것이 보였다. 펑, 펑, 펑, 펑, 펑, 펑, 펑.

누가 맨 처음 소리를 지르기 시작한 것인지 알 수 없다.

그러나 이번에야말로 패닉이 되었다. 쌓여 있던 공포가 폭발한 것처럼, 발판의 액정이 와인잔처럼 깨지는 것이 아닐까 싶을 정도로 요란하게 아가씨들은 날카로운 비명을 질렀다.

단, 그 패닉에는 좋은 효과도 있었다. 시즈쿠 이외에도 용기 있는 선택을 하는 자들이 생겨났기 때문이다. 한 명, 또 한 명, 아가씨들은 통나무 건너기에 나섰다. 개시 때에 비해 3미터나 거리가 벌어졌지만 결코 뛰어넘지 못할 거리는 아니었고 성공률은 낮지 않았다, 하지만 높지도 않았다. 반 정도는 통나무를 붙잡지 못하거나, 또는 다른 방향으로 뛰어 낙하했다.

발판에서 플레이어가 줄어들어 가는 것을 세츠나는 멍하니 쳐다봤다.

쳐다보고만 있을 때냐, 라는 목소리가 머릿속에 울렸다.

관객이 아닌 것이다. 너는 플레이어다. 또 3분이 지나 발판이 무너지면 통나무에 건너가는 건 거의 불가능해진다. 어서 가야 해……. 거의 없다시피 한 용기를 긁어모아, 세츠나는 결심을 굳혔다.

아직 가까운 곳에 남아 있던 통나무 하나를 목표로 삼고 나서 한번 뒤돌아봤다. 타이머를 확인하기 위해서다. 세츠나의 눈에 비친 것은 〈08:02〉라고 표시된 액정. 쩔쩔매는 체육복 차림의 여자아이들. 그리고—.

"……뭐지……?"

세츠나는 그렇게 말했다.

모처럼 긁어모은 용기가 무산되고 말았다. 머릿속이 새하얘졌다. 말도 안 되는 광경을, 비현실적이기 그지없는 이런 상황에도 한층 더 말도 안 된다고 느껴지는 것을 보고 말았기 때문이다.

세츠나는 눈을 꽉 감았다가 떴다. 〈그것〉은 아직 거기에 있었다. 극한 상황에 내몰린 세츠나의 뇌수가 만들어 낸 환상 따위가 아니라, 확실히 존재했다.

그것은—.

이런 패닉의 소용돌이 안에 있으면서 **아직도 쿨쿨 자는 플레**

이어의 모습이었다.

(4/25)

높은 곳에 만들어진 발판 위에서 유우키는 눈을 떴다.

(5/25)

"음……."

그렇게 신음하며 유우키는 일어났다.

눈곱이 낀 두 눈에 햇빛이 비쳐 들어온다. 바깥 같다. 목재 바닥 위에 드러누워있다. 주변에는 유우키 외에도 많은 여성들이 있는데 뭔가 부산하다. 왜 저러는 걸까.

"아아, 드디어 일어났네……!"

유우키의 가까이에서 목소리가 들렸다.

쳐다보니 예쁜 여자가 있었다. 왠지 체육복을 입고 있고, 가슴의 번호표에 〈세츠나〉라고 적혀 있다. 이름인가.

세츠나라는 여자는 「어서! 서둘러요!」라고 엄청나게 초조한 어조로 말했다.

"벌써 게임이 시작됐어요! 서두르지 않으면 죽어요!"

죄송스럽게도 그 말로는 긴급함이 전달되지 않았다. 애당초 왜 이런 곳에 있는 건지, 유우키는 좀처럼 파악되지 않았다. 게임이라는 건 뭐지.

"게임이라니 무슨 말이에요?"

유우키는 그렇게 솔직한 의문을 입에 담았다.

"……윽……!"

마치 유우키가 나쁜 말이라도 한 것처럼 세츠나는 얼굴을 찡그렸다. 그리고 1초 후에 진지한 표정으로 바뀌고는 말을 이었다.

"자 봐요, 유우키 씨. 잘 들어요. 딱 한 번만 설명할 테니. 왜냐하면 우리에게는 시간이 없기 때문이에요. 한 번만 듣고 그걸 이해하세요. 아시겠죠."

뭐가 뭔지 모르는 채로「네」라고 유우키가 답했다.

"우리는 서바이벌 게임에 참가 중이에요. 이곳은 스타트 지점. 이미 게임은 시작됐어요. 우리는 지금부터 저 사람들이 하는 것처럼……."

세츠나는 이 발판의 바깥을 손가락으로 가리켰다. 길게 뻗은 통나무 위를 여자아이들이 점프해서 건너고 있었다.

"통나무로 뛰어서 건너가 건너편 발판까지 가야 합니다. 왜냐하면 이 발판은 몇 분 후에 무너질 예정이거든요. 그 전에 탈출해야 합니다. 알겠어요?"

아직 멍한 유우키의 머릿속에도 그 설명은 매끄럽게 흡수되었다.「아아……」하고 유우키는 이해했다는 목소리를 냈다.

"이런 느낌의 드라마, 최근에 본 적이 있어요."

"이야기가 빨리 통하니 다행이에요. 그럼, 갑시다."

세츠나의 손에 이끌려 유우키는 일어섰다. 자신에게도 체육복이 입혀져 있음을 그때 깨달았다.

"그나저나, 왜 체육복일까요? 기억은 없지만, 언제 갈아입은 걸까요?"

유우키는 그렇게 말했다.

"……나중에 설명할게요! 지금은 묵묵히 따라만 오세요!"

그러나 엄청나게 험악한 표정으로 야단을 쳐왔다. 유우키는 순순히 침묵했다.

유우키는 발판 주변에 놓여 있는 통나무를 관찰했다. 그 지름은 제각각으로 굵은 것도 있는가 하면 가는 것도 있다. 그 안에서도 가장 굵은 것, 더 나아가 뛰어오르기 쉬워 보이는 것을 세츠나가 주목한 뒤 물러섰다. 발판에서 통나무까지의 거리를 채울 수 있을 정도로 충분히 도움닫기를 하고—.

세츠나는 점프했다.

뛰어올라 착지하기에는 다소 거리가 모자랐다. 모서리 부분에 머리를 부딪히고 측면에 몸이 충돌하는 형태로 세츠나는 통나무와 접촉해 냈다. 그리고 두 손 두 발을 사용해 통나무에 매달린 모양새로 힘겹게 기어 올라갔다. 무사히 통나무 위에 도달하자 정말로 마음 밑바닥에서부터 안심한 듯 커다란 한숨을 내쉬었다.

세츠나는 일어서서 〈이쪽으로 와〉라는 손짓으로 재촉해 왔다.

유우키는 그에 따랐다. 아까 세츠나가 한 것과 똑같은 순서를 밟아, 점프했다.

—**세츠나와 같은 통나무**로.

"……?!???"

숨결이 닿을 정도의 가까운 거리에서 세츠나는 눈을 희번덕거렸다.

통나무가 두꺼운 편이긴 했지만 두 사람이 서 있기에는 공간이 아슬아슬했다. 유우키와 세츠나는 서로에게 달라붙어 앞뒤로 몇 번인가 흔들리더니 겨우 균형을 되찾았다.

"잠깐…… 무슨 짓이에요?! 유우키 씨."

"어, 안 되나요?"

"다른 루트로 가야 합니다! 저와 같은 통나무로 건너지 말아주세요!"

그랬던 건가, 라고 유우키는 생각했다.

"보면 알잖아요? 둘이 서 있기에는 좁지 않습니까!"

"하지만, 따라오라고 하니까……."

"……그렇게 말은 했지만 문맥을 이해하라고요……!"

연달아 너무 소리를 쳐대서 세츠나는 목소리가 갈라져 있었다. 유우키는 미안하게 생각했으나 그래도 이건 그녀의 설명이 부족한 탓이었다.

"어, 어쨌든……. 우물쭈물거릴 때가 아니에요. 어서 건너갑시다. 이 통나무도 타이머가 0이 되면 부서지니까요."

세츠나가 발끝으로 통나무를 통통 두드렸다. 통나무에도 액정 화면이 설치되어 있고, 카운트 다운이 시작된 상태였다. 남은 시간은 15초 정도. 0이 되면 부서지는 모양이었다.

유우키는 「알겠어요」라고 대답했다.

"그래서…… 어느 쪽이 먼저 갈까요?"

(6/25)

다시 정신을 차린 유우키와 세츠나는 통나무 건너기에 임했다.

맨 처음에는 한바탕 말썽이 있었지만 그 이후에는 순조로웠다. 통나무는 충분한 개수와 뛰어넘기에 고생하지 않아도 될 정도의 밀도로 배치되어 있었다. 침착하게 점프하면 일단 실패할 일은 없었다. 실제로 주위를 봐도 도중에 추락하는 플레이어는 많지 않았다.

"어디까지나 첫 번째 스테이지……라는 거겠죠."

세츠나는 그렇게 말했다. 목소리가 닿을 정도의 거리를 유지하며 유우키와 세츠나는 이동하고 있었다.

"이러한 경기가, 앞으로도 몇 개나 준비된 거겠죠. 건너편 발판에서 길이 이어져 있으니까요……."

목표로 하는 발판에 유우키는 시선을 향했다. 분명히 거기서부터 길이 뻗어 있다. 도착한 후에도 뭔가가 계속될 것임을 시사하고 있었다. 첫 관문이니까 난이도도 그만큼 낮은 것이다.

유우키와 세츠나는 순조롭게 나아갔다. 너무도 순조로웠기 때문에 유우키는 따분해져서 금방 잠이 들……지는 않았다. 쉬운 경기였으나, 도중에 오싹해지는 일도 몇 번 있었기 때문이다. 어떨 때는 이미 누군가가 지나간 후의 통나무에 올라가 버린 적이 있었다. 타이머가 이미 작동 중이어서 남은 시간이 10초뿐이었다. 서둘러 또 다른 통나무로 점프하여 무사히 넘어갔다. 또 어떨 때에는 아무렇게나 길러둔 유우키의 머리카락이 통나무 껍질에 걸린 적도 있었다. 머리카락 몇 가닥을 거기에 두고 빠져나온 후 머리를 묶기로 했다. 그런 식으로 적절한 자극을 받으며 유우키는 경기를 진행했고—.

세 번째 문제가 목표 지점 도달 직전에 발생했다.

"……길이 없네요."

세츠나가 그렇게 말했다.

첫 번째 경기, 통나무 건너기의 목표 지점인 발판.

그 주변에는 **통나무가 거의 없었다**.

유우키는 곧바로 원인을 이해했다. 유우키 일행보다 먼저 몇십 명의 플레이어가 이미 그곳을 지나갔다. 한 번 올라탄 통나무는 자동으로 부서지므로, 당연히 그 루트에서는 통나무가 **사라지는** 현상이 일어난다. 말하자면 짐승들이 다니는 길의 반대격이다. 밟히고 다져질수록 그 길은 더 지나다니기 어려워진다.

발밑을 보니 그 추측이 확신으로 바뀌었다. 침봉에 섞여 파괴된 통나무의 잔해가 대량으로 보였다. 원래는 통나무가 많이 있었던 것이다.

"우회하는 수밖에 없는 건가요……."

그렇게 말하고 세츠나는 발판의 오른쪽을 봤다. 그쪽에는 아직, 통나무가 남아 있었다. 오른쪽으로 돌아가는 만큼 이동 거리는 앞쪽으로 가는 것보다 멀어지겠지만, 그 루트를 선택하는 편이 안전할 것이다.

그러나 유우키가 말했다.

"귀찮네요. 어떻게든 갈 수 없을까요?"

유우키는 발판의 앞쪽에 띄엄띄엄 서 있는 통나무들을 유심히 관찰했다. 띄엄띄엄 있긴 했지만 분발하면 건널 수 있을 것 같았다.

"이렇게 이렇게 이렇게, 가면 갈 수 있을 것 같은데요."

자신이 발견한 루트를 유우키는 손가락으로 가리켰다.

그 말을 들은 세츠나는 고개를 가로저으며 말했다.

"아니, 아니……. 가능할지도 모르지만, 일부러 위험을 무릅쓰지 않아도……."

유우키는 세츠나의 충고를 무시했다. 통나무의 타이머가 0에 가까워지고 있었기에 옆에 있는 통나무로 옮겨 갔다. 똑같이 다른 통나무로 옮겨간 세츠나를 향해 유우키가 말했다.

"어차피 둘이 갈 수 있을 것 같지는 않으니, 세츠나 씨는 오른쪽으로 가 주세요."

"……진심이죠?"

뭔가 오버스럽네, 라고 생각하면서 유우키는 「네」라고 대답했다.

"알겠습니다. ……부디 무사하시기를."

세츠나는 그렇게 말했고 거기서 일단 두 사람의 진로는 갈라졌다. 세츠나는 오른쪽 루트로 유우키는 앞쪽으로 진행했다.

먼저 뛰어야 할 통나무에 유우키는 시선을 향했다. 필요한 점프 횟수는 4회. 유우키는 통나무 가장자리로부터 그 지름 길이 만큼, 얼마 안 되는 거리도 알뜰하게 활용해 한 걸음만큼의 도움닫기를 하고 뛰어올랐다.

1회차 점프는 아무 일 없이 성공.

2회차 점프에서는 살짝 거리가 모자라 아까 전의 세츠나처럼 통나무 측면에 부딪혔다.

그리고 3회차. 여기가 가장 난관이었다. 순수한 점프력만으로는 닿지 않을 것으로 예측했기에 유우키는 공중에서 몸을 가로 눕혀 양손을 쭉 뻗었다. 가까스로 손끝이 걸렸다. 손가락 몇 개 분량의 마찰을 최대한 이용해 몸을 앞쪽으로 굽혀 통나무의 측면을 신발로 박박 비벼가며 겨우 체중을 지탱하여 통나무 위로 기어올랐다.

4회차는 가까워서 평범하게 뛰었다. 유우키가 발판에 도착했을 때 세츠나는 아직 없었다. 유우키 쪽이 가까운 루트를 선택했기에 당연했다. 잠시 후 다행히 세츠나도 무탈한 모습으로 발판에 도착. 안도의 한숨을 천천히 크게 내쉬고 나서 말했다.

"……멋지네요."

"고마워요."

"으……."

발판 바닥에 시선을 향하고 세츠나는 얼굴을 찡그렸다.

그 한가운데에는 스타트 지점과 마찬가지로 타이머가 달려 있었고 카운트 다운이 이미 시작되어 있었다. 세츠나가 도착한 순간 타이머가 움직이기 시작한 것을 유우키는 확인했다.

유우키는 뒤돌아서 자신들이 지나온 통나무 길에 시선을 던졌다. 보아하니, 남아 있는 플레이어는 한 명도 없다. 유우키 일행이 마지막인 것 같았다. 맨 꼴찌 플레이어가 도착한 시점에서 타이머가 움직이는 설정인 것이다. 이 발판이 영원한 안전지대가 아님을 그것이 나타내고 있었다.

"갈까요."

어느 쪽이 먼저랄 것도 없이 두 사람은 서로 그렇게 말하고 발판에서 뻗은 길에 발을 내디뎠다. 유우키와 세츠나, 즉 두 여자가 가로로 나란히 지나갈 수 있을 정도의 너비에 양쪽에는 손잡이가 달린 길이었다. 길의 양 측면에는 발판 주변과 마찬가지로 침봉이 빈틈없이 깔려 있어서 내려갈 수는 없어 보였다. 게임에서 도중하차하는 것은 불가능한 모양이다.

또한 그 길에도 일정 간격으로 타이머가 달려 있었다.

유우키가 세츠나에게 말을 걸었다.

"여기도 무너지는 걸까요?"

"그럴 것 같아요. 길이나 발판이 차례로 파괴되니까 앞으로 나아가야 한다. 그런 취지의 게임이겠죠."

유우키는 강제로 화면이 앞으로만 진행되는 전자오락 같다고 생각했다.

(7/25)

길을 나아가자 또다시 넓은 발판이 있었다.

세츠나가 본 바로는, 크기는 아까 것과 비슷한 정도. 멀찍이 또 다른 발판이 있다. 여전히 아래에는 침봉이 깔려 있었지만 두 개의 발판을 잇는 건 통나무가 아니었다.

철조망, 이라고 해야 할까. 가시가 난 철사를 엮어 만든 그물이 발판 사이에 깔려있었다. 수는 전부 세 개로, 모두 세로 방향. 벽을 기어가는 거미처럼 그걸 타고 나아가야 하는 듯했다.

먼저 도착했던 플레이어 중 반 정도는 이미 철조망에 도전 중이었다. 남은 반은 차례를 기다리고 있는 것인지, 세 개의 망 각각의 앞에서 줄을 서고 있었다. 그 숫자는 총 40명에 살짝 못 미치는 정도. 처음에는 50명 정도가 있었을 텐데, 빠진 10명 정도는 이미 이곳을 돌파했거나 아까의 통나무 건너기에서 목숨을 잃었을 것이다.

"아…… 무사하셨나요."

시즈쿠였다. 여동생과 함께 줄에 서 있었다.

"네, 그럭저럭요."

세츠나가 대답했다.

"어머. 뒤에 계신 분은, 분명……."

유우키에게 시선을 향한 시즈쿠가 말했다. 타이머 위에서 자고 있었던 그 유령 소녀를 기억하고 있었던 것이다.

"네, 함께 통나무를 건너왔어요. 유우키 씨는 발판이 떨어지기 시작한 뒤에도 여태 자고 있어서……. 제가 깨운 뒤 그대로 함께 왔죠."

"안녕하세요."

인사하는 유우키를 보고 「고생하셨네요」라고 말한 시즈쿠는 쓴웃음을 지었다.

"그나저나 이 줄은? 차례를 기다리는 건가요?"

세츠나가 그렇게 물었다.

"그런 것 같아요. 자연스럽게 그런 약속이 생긴 모양이에요. 그물이니까, 너무 여러 사람이 올라타면 끊어질 수도 있고, 앞쪽에서 막혀 버릴 수도 있으니까요."

"그렇구나……. 어? 하지만 왜 줄에 서 계신 거죠? 시즈쿠 씨는 제일 먼저 도착한 거 아닌가요?"

시즈쿠와 그 여동생은 통나무 건너기라는 경기에 가장 먼저 도전했다. 당연히 목표 지점에도 일찍 도착했으리라는 추정은 자연스러웠다. 그런데 어째서 철조망에 도전 중인 쪽이 아니라, 순서를 기다리고 있는 쪽에 있는 것일까?

"뭐, 그건 그렇지만……. 조금."

시즈쿠는 말을 얼버무렸다.

세츠나가 뭘까, 하고 생각하던 그때 자신에게 쏟아지는 시선을 느꼈다. 시즈쿠의 여동생이 겁에 질린 눈빛을 이쪽으로 향하고 있었던 것이다. 눈 주위가 부어 있고 〈카나데(花奏)〉라는 두 글자가 적혀 있는 이름표 위에 눈물 자국으로 보이는 얼룩이 생겨 있었다. 많이 운 모양이다. 보아하니 다친 것 같지는 않았지만 무슨 일이 있었던 걸까.

궁금했으나 따져 묻기도 그랬다.

"그럼, 또 나중에."

그렇게 시즈쿠에게 작별 인사를 한 세츠나와 유우키는 줄을 섰다. 시즈쿠 일행이 서 있는 줄이 가장 사람이 적어서 그 줄을 택했다.

"저 사람과 아는 사이인가요?"

유우키가 물어와서 세츠나는 「네」라고 대답했다.

"평범해 보이는 사람이었어요."

"실제로 평범한 사람일 거예요. 여동생도 그렇고, 원해서 게임에 참가한 건 아닌 것 같고요……."

"흐음…… 그런 사람도 있네요."

이윽고 차례가 와서 유우키와 세츠나는 철조망에 체중을 실었다. 세츠나가 앞서고 유우키가 뒤따랐다.

두 번째 경기, 철조망. 아까의 통나무와는 달리 물리적인 길이 이어져 있었기에 그 점에서 난도는 낮았다. 손발을 철조망에 잘만 걸치면 일단 떨어질 일은 없었다.

그러나 만만하게 볼 수 없었다. 그도 그럴 것이 그물의 소재는 **가시** 철사인 것이다. 위험한 가시가 대량으로 나 있었다. 때문에 그물을 꽉 붙잡을 수 없었고 손가락을 걸치는 정도로 체중을 지탱해야 한다. 원래는 사람이 접근하지 못하도록 설치하는 것이므로 그걸 붙잡고 나아가는 것은 어려운 작업이었다. 팔꿈치 위쪽까지 노출된 두 팔과, 블루머 때문에 비키니 라인까지 아슬아슬하게 드러나 있는 두 다리가 찔리지 않도록 주의하며 세츠나와 유우키는 나아갔다. 그렇게 주의를 기울인 덕분에 한동안은 아무 일도 벌어지지 않았다.

그 한동안이 끝난 후 문제가 발생했다.

세츠나의 앞을 가던 플레이어가 멈췄다. 보아하니 어딘가에 걸린 모양이다. 앞쪽에서 다투는 듯한 목소리도 들렸다. 무슨 일인지 세츠나는 확인하려 했으나 플레이어들의 몸에 가려졌고, 자세가 가로로 향해 있어서 잘 보이지 않았다.

"무슨 일이 생긴 건가요?"

세츠나의 뒤에서 유우키가 말했다. 그물을 붙잡은 채로 크게 몸을 뒤로 젖히고 있었다. 앞을 보려고 한 것이리라. 그러나 보이지 않은 듯 유우키는 다시 힘을 주고 몸을 쭈욱 뒤로 젖히려 했다. 그 움직임에 영향을 받아 철조망이 흔들리자 진동이 세츠나가 있는 곳까지 전해졌다.

"잠…… 잠깐 유우키 씨. 흔들지 말아 주세요."

세츠나가 그렇게 말했다.

"네? 아아, 죄송합니다."

전혀 몰랐다는 얼굴로 유우키는 고개를 숙였다. 상식이 없는 사람이라고 세츠나는 생각했다. 떨어지면 죽는다는 걸 정말로 아는 걸까…….

두 사람은 한참 동안 정체가 해소되기를 기다렸다. 그러나 사태가 바뀌기는커녕, 악화되기만 했다. 처음에는 작은 소리만 들리던 말다툼이 점차 커지고 있었다. 서로 흥분이 고조된 것이다. 〈빨리 가〉〈앞이 막혔어〉〈싫어〉〈안 갈래〉. 그런 말이 단편적으로 들려왔다.

그렇게 새어 나온 말들이 세츠나의 귀에 도달했다. 그 내용에 따르면, 아무래도 나아가기를 포기한 플레이어가 앞쪽을 막고 있는 모양이었다. 가시철사에 손을 찔려 아파서 못 가겠다고 말하고 있었다. 손이 안 되면 손목이라도 써서 가라며 뒤쪽의 플레이어가 설득했으나 그 말투는 거의 고압적이랄까, 난폭하다고 할까, 여하튼 설득에는 소질이 없는 플레이어라서 반대로 그녀로 하여금 고집을 피우게 만들었다. 이야기가 길어지면서 양쪽 모두 점점 감정이 고조되어 말싸움이라고 해도 과언이 아닐 정도의 상태에 빠진 것 같았다.

세츠나는 짜증이 났다. 그녀는 선천적으로 다툼을 싫어하는 성격이었다. 타인의 말다툼을 옆에서 듣고 있는 것만으로도 명치가 조이는 기분이었다. 두 손을 그물에 걸고 있기에 귀를 막을 수도 없어서 부디 어서 끝나다오, 라고 바랐다.

"……어? 아까 그 사람이잖아요, 이 목소리."

유우키가 말했다.

"네?"

"시즈쿠 씨…… 였나요. 중재하려고 하는 걸까요."

세츠나는 귀를 기울였다. 분명, 말다툼 소리에 뒤섞여 비교적 침착한 어조인 제3자의 목소리가 들려왔다. 말하는 내용까지는 들리지 않았지만 분명 시즈쿠의 목소리였다.

세츠나는 상상했다. 그렇다면 혹시 이동을 멈춘 건 시즈쿠의 여동생 ―분명 카나데라고 했었지― 인 걸까? 세츠나가 중재 역할을 나서서 맡았다면 그렇게 생각하는 게 자연스럽다.

여동생의 목소리는 들은 적이 없어서 사태의 진상은 알 수 없다. 다투는 내용을 묵묵히 들을 수밖에 없었다.

"한가롭네요……."

유우키는 극히 솔직한 감상을 내뱉었다.

"앞으로 얼마나 계속될까요."

"글쎄……. 저 상태라면 아직 오래갈 것 같은데요. 하지만 시즈쿠 씨도 이 대로는 둘 수 없겠죠. 여기 발판에도 타이머가 달려 있어서, 언젠가는 파괴될 테니……. 그 전에 움직여 주지 않으면 곤란합니다."

"무슨 이야기죠?"

"네?"

"……아아, 저기, 그 말다툼 쪽이 아니라 게임 자체에 대한 이야기였어요. 서바이벌 게임이라고 했는데, 앞으로 어느 정도 진행돼야 게임 클리어가 될지, 해서요."

"아아……."

그 이야기였나, 라고 세츠나는 생각했다. 헷갈리는 타이밍에 질문을 받아서 착각했다.

"뭐, 그것도, 아직 더 이어지지 않을까요. 듣기로는 게임의 생환율은 7할 정도이고, 초심자의 경우에는 더 낮다고 하니까요. 만만치 않은 경기가 아직도 기다리고 있을걸요."

"클리어하면 어떻게 되는데요? 상금 같은 게 나오나요?"

"네, 나온다네요. ……그보다 유우키 씨, 그런 이야기도 못 들었나요?"

"모두 설명을 들었나요?"

"그럴걸요. 적어도 저는 에이전트로부터 자세히 설명을 들었어요. 상금액이라든지, 위험성이라든지, 그런 걸 전부 듣고 나서 참가했거든요. 유우키 씨의 경우에는 어땠는데요?"

"설명이고 뭐고 없었어요. 길거리에서 어슬렁거리고 있었는데 검은 옷을 입은 여자가 아르바이트가 있다고 꼬셔서, 차로 안내받았는데, 그러다가 갑자기 졸렸고…… 정신이 들고 보니 여기에 있었습니다."

"……거의 유괴네요."

여러 가지 의미로 믿기 어려운 이야기였다.

"수상하지 않던가요, 그거."

"그러기는 했지만, 마침 전에 하던 알바를 그만둔 참이었거든요. 직장에서 짜증 나는 사람…… 고, 고…… 저기, 막 나대는 아줌마와……."

"고참 말인가요."

"맞아요. 그 사람과 싸우고 마침 무직이었어요. 그래서 타이밍이 좋다고 생각했죠."

"그렇더라도 안 돼요. 그런 수상한 꾐에 넘어가면……."

"하지만 돈은 필요하잖아요. 세츠나 씨도 그런 생각으로 참가했잖아요?"

그 말에 어떤 대답도 할 수 없었다. 자금난은 세츠나가 게임에 참가한 이유 중 하나였기 때문이다.

"저는 **생기가 없어** 보이나요?"

뜬금없는 질문이어서 세츠나는 「네?」라고 반문했다.

"뭔가, 검은 옷은 입은 사람에게 그런 말을 들었어요. 딱 맞는 인재라고. 살든 죽든 아무래도 좋아 보이는, 그런 당신이야말로 게임의 세계에 어울린다……. 그런 식으로 절 꼬드기더군요."

"흐음……."

"저는 그렇게 보이나요? 그다지 의식은 안 했는데."

세츠나는 다시 유우키를 봤다. 분명 상황에 맞지 않는 저 태평함, 인간으로서 어딘가 망가진 것처럼 보였다.

"그럴지도 몰라요."

세츠나는 애매한 대답을 했다.

"그런가요……. 세츠나 씨도 저랑 비슷한 이유인가요? 생기가 없는 것처럼 보이지는 않는데."

"……."

세츠나는 잠시 침묵했다.

좋은 표현이로군 이라고 생각한 것이다. 〈생기가 없다〉 지금 자신의 상태를 나타내는 데 매우 적합한 문장이었다.

"……그렇네요. 저도, 그렇습니다. 생기가 없다고 말해야겠죠. 살아가는 게 제 안에서는 당연하지 않게 되었으니. 그래서 이 게임에 참가한 겁니다."

계기는 사회로부터 거리를 둔 것이었다.

바로 지금 세츠나의 앞에서도 벌어지고 있듯이 세상이란 것은 언제든 어디서든 누군가가 다투고 있다. 그게 싫어져서 인간 사회를 떠났다.

방 안에서 혼자 인생에 관해 고찰하다 보니 뭐랄까, 마음의 설정이 바뀌어 버렸다. 그때까지는 분명히 있었을 당연함이 어딘가로 날아갔다. 적극적으로 죽고 싶다고 생각했던 것은 아니지만, 삶이 기본값이 아닌 다른 것들과 나란히 놓인 다른 선택지 중 하나로 격하되어 버렸다.

그때 에이전트와 만나 게임에 초대받았다. 목숨을 보장받지 못하는 진짜 살인 게임. 지금의 자신에게 어울리는 장소라고 판단했다. 수입원이 없었던 세츠나에게 클리어 보수인 상금은 매력적이었고 실패하면 실패한 대로, 그것도 바라는 바였다.

자신의 궁극의 운명을 세츠나는 이 게임에 위탁한 것이다.

"흐음……."

그렇게 유우키는 감상을 말했다.

"뭔가, 잘 모르겠네요."

세츠나는 그쪽이 낫다고 생각했다.

(8/25)

유우키와 세츠나가 대화를 나누는 사이에 정체는 해소되었다. 어떻게든 결판이 난 모양이다. 그물에서 미끄러져 떨어지도 않고, 타임 오버로 발판째로 낙하하지도 않은 채 두 사람은 철조망 경기를 돌파했다.

발판에서 이어진 길을 가자 세 번째 경기인 집라인이 나타났다. 높은 곳에서 낮은 곳을 향해 설치된 와이어 위를 도르래에 매달려 미끄러져 내려가는 것이다. 그것이 50개, 플레이어의 초기 인원수에 맞춘 듯 설치되어 있었다.

언뜻 보기에는 위험해 보이지 않았으나 그 의미를 플레이어들은 곧바로 간파했다. 즉, 이것은 제비뽑기인 것이다. 미끄러지는 도중에 와이어가 끊어지거나, 또는 도르래가 고장 나는 등 사용자를 나락으로 떨어뜨리는 꽝이 몇 개 장치되어 있을 것이다. 무엇이 그것인지에 관해서도 플레이어들은 꿰뚫어 보려 했지만 이뤄지지 않았다. 어느 집라인도 겉으로 보기에는 똑같아 보였다. 순수하게 운에 맡기는 게임인 듯했다. 그러다가 발판의 제한 시간이 다가왔기에 각자 손가락으로 대충 짚어서 집라인을 골라 공중으로 뛰어올랐다. 예상대로 몇 명의 플레이어는 와이어가 끊겨 추락했다. 그 속에 유우키와 세츠나는 포함되지 않았다.

네 번째 경기는 트램펄린이었다. 발판과 발판 사이에 커다란 트램펄린이 몇 개 설치되어 있었기에 잘 튕겨 올라가 건너편 벼랑으로 건너가는 것이 과제였다. 유우키는 의외로 쉽게 돌파했지만 세츠나는 여기 갔다 저기 갔다, 상당히 고생한 모양이었다. 이어진 다섯 번째 경기는 평균대였고 여섯 번째는 암벽 타기, 일곱 번째 경기인 유수풀은 지금까지 중 가장 까다로웠다. 발판 사이에 격류가 흐르는 수영장이 있었는데 그 가장자리에서 물이 흘러나오고 있었다. 즉, 물살에 밀려 떠밀려 가면 수영장 바깥으로 내던져지는 설계였다. 물을 빨아들여 무거워진 체육복을 질질 끌며 유우키는 겨우 헤엄쳐 건널 수 있었다. 거칠게 숨을 쉬며 똑같이 휴식을 취하고 있는 다른 플레이어들을 보자 반 정도는 체육복을 벗은 상태였다. 유우키는 벗어도 되나, 하고 생각했다. 나도 벗을걸…….

유수풀을 공략한 시점에서 플레이어의 총수가 25명이 되었다. 세츠나로부터 들은 바로는 맨 처음에는 50명 정도였다고 하니 반으로 줄어든 셈이다. 남은 25명인 그녀들도 점차 피로가 엄습해 온 모양이었다. 연이은 가혹한 시련을 거치며 육체는 무사했어도 정신 쪽은 말려 버렸다. 딱 봐도 표정이 음울했다. 거부감이 드는 어둠이라고 유우키는 생각했다. 뭔가 고비가 하나 더 있을지도 모름을 직감했다.

다음 경기에서 그 일은 벌어졌다.

(9/25)

여덟 번째 경기, 출렁다리.

발판 사이에 세 개의 출렁다리가 걸려 있었다. 이전의 철조망과 비슷한 설정이었으나, 그때와 달리 세 개의 출렁다리는 셋 다 **매우 낡아** 있었다. 백 퍼센트 식물로 만든 원시적인 출렁다리였는데 깔린 널빤지는 빈틈투성이에 곳곳이 부식되어 있었고, 덩굴을 엮어 만든 손잡이는 풀려 있었으며 양쪽에서 본체를 지탱하는 덩굴은 보기에도 위태롭기 짝이 없었다. 지금이 순간에도 산들바람이 불어왔을 뿐인데 덜걱덜걱 불안한 소리를 냈다.

지금까지의 경기에서 충분히 훈련된 플레이어들은 취지를 이해했다. 이 낡아 빠진 다리가 통째로 떨어져 버리지 않도록 주의하며 건너가라는 것이다. 세 개의 다리는 말하자면 남은 생명의 개수이다. 전부 떨어지면 건너편 벼랑으로 갈 수단은 사라지고, 그 시점에서 다리를 건너지 못한 플레이어는 게임 오버가 된다. 통나무 건너기와 유수풀과 같은 알기 쉬운 화려함은 없지만 최악의 경우 전멸도 예상할 수 있는 경기였다.

플레이어들은 논의했다. 기본 방침으로 한 명씩 다리를 건너는 것이 만장일치로 결정되었다. 한 사람분의 체중조차도 버텨줄지 의문이었기에 지극히 타당한 결론이었다. 가까이에 있던 나뭇가지를 이용해 제비를 만들어 추첨으로 순서를 정했다. 첫 번째는 시즈쿠의 여동생 카나데였다.

그러나—.

"……읍!!"

그녀는 맹렬히 고개를 가로저었고 언니인 시즈쿠에게 찰싹 달라붙었다.

"……죄송해요. 이 아이가 진정될 때까지 순서를 뒤로 미뤄 주시겠어요?"

여동생의 머리를 쓰다듬으며 시즈쿠가 말했다.

"미뤄 주시는 건 문제 없겠죠? 순서가 빠른 편이 다리에 부담이 덜 걸린 상태에서 도전할 수 있으니까요……. 제발 부탁드립니다."

모두가 그 요구를 납득한 것은 아니었으나 일리는 있었기에 받아들여졌다.

아마도 철조망 때도 이러한 일이 있었던 것이라고 유우키는 상상했다. 가장 먼저 통나무 건너기를 클리어한 시즈쿠와 카나데 자매였으나, 이런 식으로 카나데가 겁을 내고 한참을 망설인 탓에 출발이 늦어졌던 것이다.

카나데를 제외하고 문제 없이 순서가 정해져 플레이어들은 출렁다리에 도전했다. 세 개 중 어느 다리를 이용할지는 건너는 플레이어가 직접 정하고, 한 사람 또 한 사람씩 나아갔다.

첫 번째 다리가 끊어진 것은 다섯 명째가 건너고 있던 도중이었다.

너무 이르다며 술렁거렸다. 이 페이스로는 곤란하다고 플레이어들은 생각했지만 그러한 심리를 조롱하듯 두 번째 다리는 좀처럼 끊어지지 않았다. 아마도 첫 번째 다리만이 튼튼하지 않았던 것이다. 그렇지만 두 번째 다리도 18명째에 낙하. 여분의 다리가 없어진 시점인 19번째에 기분이 진정된 카나데가 건널 차례가 되었다.

일시적인 공황 상태에서는 벗어났지만 지금도 여전히 두려움에 떨며 그녀는 출렁다리를 나아갔다. 그 도전하는 모습을 남은 6명의 플레이어는 —그중에는 유우키도 있었다— 가만히 지켜봤다. 세 번째가 떨어지면 게임 오버가 되어 버리는 입장이기에 그렇게 보는 것도 무리가 아니었다. 그렇게 관찰하는 것이 뭔가 도움이 된 건 아니겠지만 카나데는 떨리는 발로 천천히 착실하게 나아가 다리에 걸리는 부담이 최대치가 되는,

따라서 위험도도 최대치가 되는 다리의 중앙에 도달했다.

거기서 바람이 불었다.

상당히 셌다. 유우키 일행이 있는 발치에서도 느껴질 정도의 강풍이라 당연히 다리 전체가 크게 흔들려 지탱해 주는 덩굴에서 **툭툭** 불길한 소리가 났다. 유우키는 「설마」 하고 생각했지만 우려했던 일은 벌어지지 않았다. 세 번째 다리는 무사히 살아남았고 손잡이를 세게 붙잡은 카나데도 추락하지 않고 넘어갔다.

그러나 그녀는 다시 걷지 않았다.

힘없이 그 자리에 주저앉고 말았다. 그녀의 표정은 유우키가 있는 곳에서는 보이지 않았으나 틀림없이 마음속 깊이 공포에 떨고 있을 것이다.

아마도 그때 플레이어 전원이 같은 생각을 했다. 아직 다리를 건너지 않은 여섯 명은 물론, 이미 다 건넌 사람들도 그녀가 다음에 꺼낼 말이 무엇인지 상당한 확신을 품고 예상할 수 있었기에 하지 마, 그 말만은 하지 마, 라고 바라고 있었다.

그 바람은 여지없이 배신당했다.

"이제 못 하겠어……."

작게, 그러나 분명하게 카나데가 말했다.

"싫어. 더는 못 걷겠어."

그 말이 문자 그대로의 의미였는지는 알 수 없었다. 정말로 기운이 빠져서인지도 모르고 무서워서 앞으로 나아가지 못하겠다는 의미로 말했을지도 몰랐다. 어느 쪽이든 외부에서 보면 그 의미는 같았다. 하나 남은 다리에서 오도 가도 못하는 플레이어가 나왔다.

그것은 게임 진행이 완전히 막혀 버렸음을 의미했다.

"적당히 좀 해……."

지긋지긋해진 듯 발판에 남은 누군가가 중얼거렸다. 〈적당히 좀〉이라는 여러 차례 민폐가 있었다는 뉘앙스로 짐작하건대, 철조망 때 카나데와 말다툼을 한 사람인 걸까. 그렇다면 목소리를 들은 적이 있을 텐데 유우키는 잘 기억나지 않았다.

"카나데."

건너편 발판에서 카나데에게 말을 걸어왔다. 시즈쿠였다.

"못 걷겠니?"

꾸벅꾸벅, 하고 카나데는 끄덕인다.

"그렇다면, 기어서 오지 않을래? 딱히 걸어서 가야 하는 것도 아니야. 기어서 가도 다리에 걸리는 체중은 달라지지 않으니까……."

물리적인 의미의 걷지 못하겠다는 뜻으로 해석한 듯 시즈쿠는 이런 식으로 설득해 보려 했다.

그러나 카나데는 고개를 저었다. 바닥의 널빤지에 손을 댄 채로 꿈쩍도 하지 않았다.

"어서 가라고!"

이윽고 유우키가 있는 발판 쪽에서도 목소리가 터져 나왔다. 아까 중얼거린 그 사람이었다.

"시간이 없다고요, 이쪽은!"

그렇게 말하며 그 플레이어는 발판 바닥에 장착된 타이머를 손가락으로 가리켰다. 분명 시간이 없었다. 다리 하나에 한 사람씩, 그것도 신중하게 건너가느라 시간을 잡아먹어 제한 시간이 다가오고 있었다.

"혼자서 죽는 건 상관없지만, 이쪽까지 끌고 가지 말아달라고!"

"그렇게 말하지 마세요! 카나데가 겁을 먹잖아요?"

시즈쿠가 나무랐다.

"안전지대에서 끼어들다니……."

그 플레이어는 혀를 차며 그렇게 악담을 했지만 소리를 질러봐야 사태가 좋아지지 않는다고 생각했는지 입을 다물었다.

"부탁이야, 카나데."

무서워하지 않도록 배려하면서도 단단히 강도를 갖춘, 그런 미묘한 목소리로 시즈쿠는 부탁했다.

그래도 여전히 카나데는 고개를 젓고 있었다.

이렇게 저렇게 하던 사이 발치의 타이머가 20분 밑으로 내려갔다. 남은 여섯 명, 카나데를 포함해 일곱 명이 건너가기에는 상당히 아슬아슬한 시간이었다.

"……"

안 되겠네, 라고 유우키는 생각했다.

이대로는 끝장이다. 어떤 말로 설득해도 카나데는 요지부동

일 것이다. 여기 있는 여섯 명은 그녀 때문에 죽을 것이다. 말로는 안 된다. 이 이상의 수단을 써야만 한다.

그리고 그게 가능한 것은 아마 자기 이외에는 없었다. 기분 나쁘게 소리 지르는 저 사람도 그 이상 개입할 용기는 없어 보였다. 내가 할 테다. 그 수밖에 없다. 이판사판이다. 그 결단을 내리는 데 유우키는 조금도 정신력을 소모하지 않았다. 이 방법밖에 없는 이상, 그렇게 하는 것이 당연했기 때문이다.

유우키는 앞으로 나섰다.

누군가가 말릴 새도 없이 **출렁다리에 발을 내디뎠다**.

(10/25)

그 자초지종을 세츠나는 봤다.

발판 건너편에서 분명히 봤다. 12번째라는 비교적 빠른 순서를 뽑아 손에 넣은 안전지대 위에서 똑똑히 봤다.

유우키가 **출렁다리에 발을 내디뎠다**. 유령처럼 발소리를 내지 않고, 다리를 흔들지도 않고, 그러면서도 질풍노도와 같은 속도로 출렁다리 위를 달렸다.

눈 깜짝할 사이에 중앙에 도착, 거기에 주저앉아 있던 카나데가 기척을 눈치채고 뒤돌아보기도 전에—.

그 어깨를 밀었다.

왼쪽으로 힘을 주었다.

그 출렁다리에는 벽이 없다. 덩굴을 엮어 만든 불안한 손잡이가 있을 뿐이다. 뭔가가 굴러오면 그 회전을 막을 것이 없다. 구르기 시작하면 출렁다리에서 벗어나 추락할 수밖에 없다. 그것이 당연한 수순이었다.

당연한 수순으로서 카나데는 **그렇게 되었다.**

낙하하는 순간 카나데는 멍한 표정을 짓고 있었다. 분명 자신이 어떤 짓을 당했는지 잘 몰랐을 것이다. 그 때문인지 그녀는 비명을 지르지 않았다. 체중 몇십 킬로의 인간이 떨어짐을 나타낼 뿐인 소리가 들렸고, 누적된 운동 에너지가 무수한 침봉에 수용되어 전신이 구멍투성이가 되는 소리가 이어졌다.

1분도 채 안 되는 사이에 카나데는 다리에서 제거되었다.

아무도, 무엇도, 한 마디 감상조차도 나오지 않았다. 죽는 순간의 카나데를 흉내 내듯, 모두가 멍해져 있었다. 만약 누군가가 어깨를 밀었다면 세츠나도 분명 발판에서 굴러떨어져 죽었을 것이다.

그 공백을 틈타 유우키는 출렁다리를 다 건넜다. 제비뽑기 순서를 완전히 무시했지만 불만을 토로하는 플레이어는 없었다. 중앙까지 간 이상, 나아가든 돌아가든 다리에 걸리는 부담은 같다는 점도 있었고 도저히 불만을 토로할 상황이 아니라는 점도 있었다.

"안녕."

유우키는 세츠나에게 평범하게 인사해 왔다.

"……안녕."

세츠나는 겨우 답했다.

"위험했네요."

그렇게 말한 유우키는 출렁다리를 돌아봤다. 방금 막 사람을 죽이고 온 사람의 거동이 아니었다. 마치 벌레를 쫓아낸 것 같았다.

"**유우키…… 씨.**"

그 순간, 분명 거기에 있던 유우키 이외의 전원의 몸이 얼어붙었을 것이다.

시즈쿠가 유우키에게 말을 건 것이다. 「네」 하고 유우키는 역시 평온한 태도로 대답했다.

"……."

시즈쿠는 그저 묵묵히 유우키를 봤다.

어떻게 될까, 라고 세츠나는 생각했다. 나쁜 방향으로는 얼마든지 상상할 수 있었다. 다만 최악의 경우까지는 상상할 수 없었다. 뭐가 어떻게 돼버린다고 해도 이상할 게 없었다.

"뭐죠?"

한동안 이어진 침묵에 유우키가 말했다.

특별한 뉘앙스는 담겨 있지 않았지만 문맥에서는 분명한 의미가 담겨 있었다.

—네 여동생 잘못이잖아, 라는 의미.

"……아니요, 아무것도 아닙니다."

결국 시즈쿠는 그렇게만 대답했다.

그녀는 분노를 억누르고 있는 것 같지 않았고 슬픔을 견디고 있는 것 같지도 않았다. 그녀는 그저 넋이 나가 있었다. 그 출렁다리에서 아까 일어난 일을, 절대로 돌이킬 수 없는 그 사실을 받아들이지 못하고 있었다. 그렇게 보였다.

이윽고 다음 플레이어가 다리를 건너기 시작했다. 두 사람분의 체중이 일시적으로 실렸던 세 번째 출렁다리는 그래도 끊어지지 않고 한 사람, 또 한 사람, 남은 플레이어를 건너편 벼랑까지 실어 옮겼다. 그 모습을 세츠나 등 다리를 통과한 플레이어들은 묵묵히 지켜봤다. 아무도 카나데에 관해서는 언급하지 않았다. 말해서는 안 된다는 불문율이 있는 것 같았다. 세츠나로서는 자꾸만 그것이 뭔가 세계의 본질을 드러내고 있는 것처럼 여겨졌다. 곤란한 일은 묵살하고, 외면하고 없던 일로 친다.

세츠나는 유우키에게 시선을 향했다.

아아, 이 사람은 살아갈 수 있는 사람이로구나, 라고 생각했다. 막상 필요해지면 타인을 밀어내고 갈 수 있는 사람. 싸워서 승리할 수 있는 사람. 그걸 당연한 일로 받아들이고 죽은 인간에게 눈길 한 번 주지 않을 수 있는 사람이었다.

나 따위와는 구조 자체가 다른 것이다.

(11/25)

전원이 출렁다리를 통과했다.

첫 번째, 두 번째 다리의 붕괴로 죽은 두 명과 카나데를 제외하면 사상자는 없었다. 발판에서는 여태까지와 마찬가지로 길이 뻗어 나와 있었기에 플레이어들은 함께 나아갔다. 아무도 유우키가 순서를 어긴 것을 책망하지 않았다. 유우키는 운이 좋았다고 남몰래 생각했다.

플레이어들은 마지막 경기와 마주했다.

마지막이라는 걸 안 것은 〈GOAL〉이라고 적힌 거대한 아치가 보였기 때문이다. 단, 그 바로 아래에는 문이 늘어서 있고 그 문을 통과하지 않고는 아치를 빠져나갈 수 없게 되어 있었다.

플레이어들은 서둘러 문을 열려고 했지만 잠금장치가 걸려 있었다. 문은 전부 15개 있었고 각각에 번호가 달려 있었는데 전부 잠겨 있었다. 그렇게 튼튼한 만듦새는 아니라 몸으로 부딪혀 억지로 여는 것도 가능해 보였으나 플레이어 중 한 사람이 그 아이디어를 입에 담은 순간, 아치 기둥 좌우에 하나씩 장착되어 있는 부정 방지를 위한 것인 듯한 **무시무시한 총기**가 원격 조종으로 플레이어를 조준했다. 총에 맞을까봐 체육복을 입은 여자아이들은 맥없이 물러났다.

"……이 중에 열쇠를 가지고 있는 사람이 있나요?"

누군가가 물었다. 모두가 고개를 젓는다.

"**저 안**에 숨겨 놓은 거겠죠, 아마도."

그걸 보며 유우키가 말했다.

골 앞에 광장이 있었다. 지금까지의 발판과 같은 정도의 넓이인 사방 15미터 정도에 바닥 일부가 파여 풀장이 만들어져 있었다.

물이 담긴 풀이 아니다. **볼풀**이었다. 게임센터의 유료 코너에 있을 법한 색색의 공으로 가득 찬 풀이다. 유우키가 인생에서 본 어떤 볼풀보다도 넓어서 여기 있는 22명이 다 들어가도 남을 정도의 크기였다.

골 앞에 놓여 있다는 것은 그런 의미일 것이다. 열쇠는 저기에 숨겨져 있다. 단순히 바닥에 붙어 있을지도 모르고, 또는 몇 천몇만 개의 공 중 어느 한 개 안에 들어있을지도 모른다. 그렇다면 전부 조사한다는 건 엄청나게 힘든 작업이다.

게다가 풀의 가장자리에는 타이머가 달려 있었다. 그 표시는 〈46:02〉. 지금까지와 마찬가지로, 이 발판에도 시간제한이 있다. 그 시간 안에 열쇠를 찾아내야 한다.

그때 누군가가 말했다.

"잠깐만요. 하지만 문은 15개밖에 없잖아요. 그건 즉……."

그 것은 15명밖에 살아남을 수 없다고 봐도 무방할 것이다. 문 하나에 두 사람, 세 사람이 들어갈 수는 없을 것 같았다. 원래 15명밖에 살아남지 못하는 설정이었던 것인지, 더 많은 인원수가 왔다면 문의 숫자도 그만큼 늘어났을지. 그것은 알 수 없었다.

"서로 원망하지 않기로 하고 가볼까요."

누군가가 말했다. 〈적당히 좀 해〉라고 아까 소리를 질렀던 사람이었다.

"희생을 피할 수 없는 이상, 누가 조커를 뽑게 되더라도 원망하지 말죠."

유우키가 간발의 차도 두지 않고 물었다.

"그건 무슨 의미죠? 누군가가 발견한 열쇠를 억지로 빼앗아서 탈출하는 것도 된다는 말인가요?"

"……해석은 각자에게 맡기겠어요."

어느 쪽으로도 해석할 수 있는 대답이었다.

"여러분, 준비되셨나요?"

그렇게 그 플레이어가 물어왔다. 아무도 제지하지 않는 것을 확인하고 그녀는 양손을 맞부딪혔다.

"그럼…… 스타트!"

(12/25)

플레이어들은 볼풀에 몰려 들어갔다.

유우키도 세츠나도, 넋이 나가 있던 시즈쿠도 발걸음이 느리기는 했지만 풀에 걸음을 옮겨 그 안으로 들어갔다.

들어가자마자 풀의 깊이가 유우키의 허리 정도임을 알았다. 생각보다 깊었다. 그렇다면 볼의 개수도 겉보기보다 많은 셈이기에 점점 더 큰 일이라고 생각하며, 유우키는 컬러풀한 공 하나를 손에 쥐고 관찰했다. 혹시 열쇠가 공 안에 숨겨져 있다면 장치가 있을 것이기 때문이다.

예상 적중, 공 중앙에 줄 하나가 그어져 있었다.

장난감 뽑기용 캡슐처럼 열리는 것이다. 유우키는 공 양쪽에 힘을 줘서 열고는 안을 봤다. 하지만 아무것도 들어있지 않아서 풀 밖으로 던져 버렸다.

두 개째 공을 열려고 하는 한편, 유우키는 양쪽 눈을 움직여 다른 플레이어들을 관찰했다. 유우키와 똑같이 공을 조사하고 있는 자들이 대부분이었다. 열어 내용물을 확인하고 있는 이가 있는가 하면 흔들어서 확인하는 이도 있었다. 유우키는 그 모습을 보고 깨달았다. 열쇠가 안에 들어 있다면 흔들기만 해도 유무를 확인할 수 있는 것이다. 공 안쪽에 고정된 경우도 고려할 수 있기에, 그런 경우에는 열쇠를 놓쳐 버릴 리스크도 있지만 확인하는 시간은 그쪽이 훨씬 짧다.

어느 쪽 방식으로 갈지 고민한 유우키는 절충안을 취하기로 했다. 일단 한쪽 손에 빈 공을 들고 다른 한쪽에 조사하고 싶은 공을 들고, 무게를 비교한다. 그리고 흔들어 소리를 들은 뒤 열쇠의 존재감이 느껴지면 열어서 확인한다. 안 들어 있는 것 같으면 버리고 다음으로 넘어간다. 열쇠가 들어 있는 공을 던져 버릴 리스크는 줄이면서 시간도 많이 걸리지 않는다. 현실적으로 이것이 최선일 거라고 판단한 유우키는 공을 판별해 갔다.

그 작업을 이어간 지 몇 분.

"……앗."

(13/25)

이것이야말로 가장 결정적인 요소다.

유우키의 **기구한 게임 체험**을 낳게 된 최대 원인. 이 기적이 없었다면 아무리 둔감했던 시절의 유우키라도 깨닫지 않을 수 없었을 것이다. 어떻게 보면 운이 따랐다고 할 수 있고, 또 어떻게 보면 복이 많은 거라고도 할 수 있는, 마치 승부의 신이 그녀를 게임의 세계에 반갑게 맞아들이려고 일부러 벌인 것 같은 특이한 일이었다.

어쨌든 유우키는 시작한 지 몇 분 만에 **쉽게 열쇠를 발견했다**.

(14/25)

"……앗."

그렇게 중얼거린 것을 세츠나는 들었다.

목소리가 들린 쪽을 보자 유우키가 있었다.

그녀는 열쇠를 들고 있었다. 사이즈도 형태도 일반적인 극히 흔해 빠진 모양새의 열쇠다. 열쇠고리 같은 건 달리지 않았다. 유우키는 톱니 모양의 열쇠 몸체 쪽을 쥐고 있었기에 열쇠 머리에 〈6〉이라고 적혀 있는 것이 세츠나에게도 보였다. 그 열쇠와 대응하는 문의 번호일 것이다.

설마, 벌써 찾은 거야?

그렇게 생각한 것은 세츠나만이 아닌 것 같았다. 발견자인 유우키 자신도 멍하니 그것을 쳐다보고 있었고 주위의 플레이어도 마찬가지였다.

집중되는 시선을 피하듯 유우키는 몸을 조그맣게 움츠린 뒤―.

"……먼저 실례하겠습니다."

그렇게 말하며 고개를 숙이고 풀에서 나갔다.

"……기다려, 잠깐만 잠깐 유우키 씨!"

확인해 두자는 생각에 세츠나가 말했다.

"가기 전에 가르쳐 주세요! 열쇠는 어디에, 어떤 상태로 있었죠?"

"네? 아아……."

유우키가 대답했다.

"저기, 녹색 공 안에 있었어요. 고정되어 있지는 않아서 흔들면 소리가 나길래 금방 알았습니다."

세츠나는 엄청난 정보라고 생각했다. 모든 열쇠가 녹색 공 안에 들어 있다고는 할 수 없지만 열쇠가 공에 들어 있다는 점, 그대로의 상태로 들어 있다는 점은 아마도 확정적일 것이다. 공을 열어 조사할 필요는 없어졌다.

유우키는 문으로 향했다.

그때 다른 플레이어 두 명, 세 명이 이어져 나갔다. 아까 유우키가 언급한 것처럼 열쇠를 빼앗으려고 하는 것……은 아닌 것 같았다. 기척을 감지한 유우키가 돌아보고 「뭐죠?」라고 물은 것만으로 모두가 애매한 미소를 지으며 뒷걸음질 쳤다. 풀에는 아직 14개의 열쇠가 남아 있었고 상대가 출렁다리에서 그런 짓을 한 유우키라서 난폭한 짓을 하려는 자가 나타나지 않았다.

단, 유우키와 같이 나갈 수 있을지를 고려한 듯 그녀가 〈6〉번 문에 열쇠를 꽂고 그것을 연 순간 뒤를 따르려는 플레이어가 한 명 있었다.

거기에 건조한 발포음이 난입했다.

아치에 설치되어 있던 총기 중 하나가 불을 뿜었다. 그 플레이어의 머리통 반쪽이 **산산조각이 나서는** 자세를 유지하지 못하고 그 자리에 쓰러졌다. 총을 쐈다기보다는 총알로 내리쳐 부순 것이라고 표현해야 할 만큼 난폭한 파괴였다.

넘쳐흐른 혈액이 공기와 닿자마자 하얗고 폭신폭신하게 변화했다. 〈방부 처리〉다. 플레이어는 사전에 육체 개조를 받아 튀어나온 혈액은 금방 굳는다. 그 이름과 설명을 세츠나는 에이전트에게서 들었고 지금까지 경기에서 침봉에 관통된 플레이어가 그렇게 되는 것을 봐 왔다. 그러나 가까이에서 목격한 것은 이게 처음이었다.

경고 없는 발포였다. 아까 문을 조사할 때는 표적을 겨누는 방식으로 경고했는데……. 위반 의사가 명확해질수록 엄중한 조치가 이뤄지는 듯했다. 유우키에게 타이밍만 맞으면 편승하려던 나머지 플레이어들은 황급히 물러났다. 당사자인 유우키는 아주 잠깐 쓰러진 플레이어를 쳐다보긴 했지만 곧바로 방향을 바로잡고 아치 너머로 달려갔다.

문은 자동으로 닫혔다. 손잡이에 열쇠가 꽂혀 있어서 총기의 상태를 살피며 그걸 다시 열려고 하는 플레이어가 있었다. 그러나 열리지 않았다. 한 번 닫힌 문은 열리지 않는다고 봐도 좋을 것 같았다. 열쇠를 뽑는 것도 보아하니 불가능한 모양. 플레이어들은 포기하고 다시 풀로 돌아갔다.

요는 꾀를 부릴 수 없는 듯했다. 세츠나는 열쇠를 찾으러 돌아갔다. 공을 흔들고는 던지고, 흔들고는 던지면서 지긋지긋하기 짝이 없는 단조로운 동작을 반복한다. 너무도 단조로워서 의식도 하지 않는 사이 발이 움직이고 있었다. 볼풀 안을 자신의 꼬리를 쫓는 개처럼 빙글빙글 돌아다녔다.

그 작업을 계속하기를 몇 분. 세츠나는 이물의 감촉을 느꼈다.

공에서가 아닌 발밑에서였다. 발에 뭔가가 닿았다. 감촉으로 깨달을 수 있을 정도의 사이즈였기에 열쇠는 아닌 듯했으나 세츠나는 그것을 주어 정체를 확인했다.

칼집에 들어 있는 나이프였다.

"……읏?!"

세츠나는 깜짝 놀랐다.

곧바로 그것을 풀 안에 넣었다.

그리고 주위를 살폈다. 플레이어들은 공을 뒤지는 데 집중하고 있었고 나이프를 본 자는 아무도 없었다고 생각한다.

어떻게 된 거지? 세츠나의 머리가 혼란으로 가득 찼다. 왜 나이프가 풀 안에? 부주의한 플레이어를 다치게 하기 위한 트랩은 아닐 것이다. 그렇다면 칼집 없이 넣어 뒀어야 한다. 칼집의 존재는 그것을 장비하라는 메시지를 시사했다. 무엇을 위해? 명백했다. 플레이어가 22명이고 열쇠는 15개. 수요에 공급이 좇아가지 못하는 이상, 쟁탈전은 절대적으로 피할 수 없다.

그걸 위한 도구라는 것.

세츠나는 또 한 번 주위를 살폈다.

체육복 차림의 플레이어들, 그녀들이 들고 있는 것은 공뿐이었다. 칼은 없다. 그 밖의 무기도 없다. 풀에 숨겨져 있는 무기는 이것 하나뿐인가, 아니면 세츠나가 첫 번째 발견자였던 걸까, 또는 모두 이미 발견했을까, 거기까지 포함해서 〈원한 품지 말기〉라는 걸까.

"……."

세츠나는 몰래 풀 안에서 오른쪽 다리를 들었다. 칼집을 다리에 끼우고 나이프를 장비했다.

"찾았다!"

마침 그 타이밍에 누군가가 말했기에 세츠나는 철렁했다.

쳐다보자 플레이어 중 한 명이 열쇠를 들고 있었다. 저벅저벅 풀 안을 이동해 갔다.

세츠나는 오른쪽 다리의 나이프가 뜨거워진 것처럼 느꼈다.

쫓아갈까라는 생각이 머리를 스쳤지만 곧바로 지나쳐 갔다. 무리다. 저 사람에게 나이프를 들이대고 또는 그 이상의 짓을 해서 열쇠를 빼앗는다니, 세츠나로서는 도저히 상상도 할 수 없었다.

그러나 다른 여자아이는 그렇지 않은 듯했다.

풀을 나서 문으로 향한 그 플레이어에게 다가가는 그림자가 있었다.

다른 플레이어였다. 그 손에는 열쇠가 아닌 커다란 이발 기계 같은 도구가 쥐어져 있다. 〈그것〉을 실제로 보는 것은 처음이었지만 세츠나는 금방 정체를 간파했다.

전기충격기였다.

역시 풀에는 그 밖에도 무기가 감춰져 있던 것이다. 세츠나가 그렇게 생각한 것보다 빨랐는지 늦었는지 약탈자는 상대의 등에 전기충격기를 갖다 대고 한 방을 먹인 후 열쇠를 빼앗았다. 추가적으로 어부지리를 노린 플레이어는 나타나지 않았고 약탈자는 문을 열어 골인했다.

불쌍하게도 열쇠를 빼앗기고만 플레이어는 광장에 넘어져 괴로움에 몸부림치다가 전기 충격의 효과가 끝난 시점에 일어섰다. 이번에는 그녀가 약탈자로서의 길을 걸었다. 열쇠를 발견한 플레이어가 또다시 나타나 문으로 향하려고 했을 때 그녀가 막아섰다. 단, 그녀는 무기를 갖고 있지 않았기에 상대방과 몸싸움을 벌이게 되었다. 서로서로 머리카락을 쥐고 얼굴을 할퀴고 욕하고 때리고 걷어찼다.

그 폭력적인 광경을 보고 있을 수 없어 세츠나는 얼굴을 돌리고 풀에 시선을 던졌다. 자신에게 저건 무리다, 자력으로 열쇠를 찾는 수밖에 없다, 그렇게 생각하고 더욱 열쇠 찾기에 몰두했다.

그러나 발견할 수 없었다. 그런 세츠나를 두고 타이머의 시간은 계속 지나 20분, 15분으로 줄어갔다. 한 사람, 또 한 사람씩 플레이어가 열쇠를 발견했고 그때마다 흉측한 쟁탈전이 벌어졌다. 그러한 다툼에 일절 참여하지 않고 세츠나는 계속 열쇠를 찾았다.

열쇠가 들어있는 공을 발견한 것은 10분도 채 남지 않은 시점이었다.

(15/25)

흔들 것도 없이 금방 알았다.

풀에서 건진 시점에서 살짝 소리가 들렸고 조금 무거웠기 때문이다.

세츠나는 성급해지는 마음을 억눌렀다. 침착해. 침착해. 침착해. 침착해. 중요한 것은 이제부터야. 열쇠를 발견한다. 그것은 임무의 전반부에 지나지 않는다. 이제부터 남은 절반이 기다리고 있는 것이다. ……전반부보다 훨씬 위험하고 곤란한 것.

풀 전체를 쓱 훑어보았다. 다른 플레이어들이 아직 10명 정도 남아 있었다. 세츠나가 열쇠를 발견했다는 걸 알면 그 전원이 적으로 돌변할 것이다. 그렇게 되어서는 안 된다. 풀을 나서면 들키고 말 테지만 적어도 그때까지는, 아슬아슬한 타이밍까지는 들키는 걸 늦추고 싶었다.

세츠나는 공을 풀 속에 담갔다.

그 안에서 열었다.

촉감으로 열쇠가 있는 것을 확인했다. 공을 열어 아주 잠깐 실물을 보았다. 〈8〉번 열쇠라는 것을 확인한 세츠나는 그것을 체육복 속에 숨겼다.

그리고 열쇠를 찾고 있는 척을 계속했다. 공을 들고 흔들고 버린다. 그러는 한편 풀 속을 발이 나가는 대로 돌아다니는 척을 하며 서서히 가장자리로 이동했다.

충분히 가까워진 지점에서 세츠나는 문 앞의 광장을 살펴봤다. 아무도 매복하고 있지 않았다. 풀에 남은 플레이어들 쪽도 살펴봤다. 아무도 세츠나의 꿍꿍이를 눈치채지 못한 듯했다.

할 수 있다고 확신했다.

세츠나는 각오를 굳혔다.

공을 버림과 동시에 세츠나는 뛰기 시작했다. 풀에서 나와 광장을 질주해 그와 함께 체육복에서 열쇠를 꺼냈다. 앞으로 몇 초 안에 이걸 〈8〉번 문에 꽂아 넣어 열고서 골에 도달한다. 그 미래를 확실히 머릿속에서 그렸다.

실수는 전혀 없었다.

완벽히 연기해 냈다.

그렇게, 자부하고 있었는데…….

(16/25)

어째서 이렇게 된 걸까.

시즈쿠는 계속 생각하고 있었다.

바로 어제까지 나의 세계는 평화 그 자체였는데. 조금 모자란 구석이 있는 여동생과 〈시즈쿠는 나와 닮았어〉라고 종종 말하는 똑똑한 어머니와 〈그럼, 카나데는 나를 닮았군〉이라고 종종 응답하는 바보 같은 아빠와, 네 명의 즐거운 생활이 쭈욱 계속되어야 했는데. 어째서 이렇게 됐지? 누구 잘못이지? 뭐가 잘못된 거지? 시즈쿠는 계속 생각했지만 그래도 답은 나오지 않았다.

그때 볼풀 안에서 무기를 발견했다.

권총이다, 의외로 장난감처럼 가벼웠던 그것이 길을 보여준 것 같은 기분이 들었다. 나는 이것을 사용해야 한다. 그러나 운이 나빴다. 시즈쿠가 이걸 발견한 시점에 가장 사용하고 싶었던 상대는 이미 골인하고 말았다. 그럼 어떻게 해야 할까? 나는 누구에게 **써야** 할까? 시즈쿠의 마음은 책임 소재를 원했다.

그리고 어떤 대화를 떠올렸다.

—유우키 씨, 발판이 떨어지기 시작한 뒤에도 여태 자고 있었으니…….

—**제가 깨워 주고서** 그대로 함께 왔죠.

그 발언을 한 자 쪽으로 시즈쿠의 시선이 향했다.

세츠나였다.

그렇다. 저자가 유우키를 깨우지 않았다면 이런 일은 없었다. 유우키와 마찬가지로 그녀도 주범으로 간주해야 한다. 이 게임이 끝나면 유우키를 찾아내 죽이는 것은 물론, 그녀도 여기서 해치워야 한다. 그것으로 나의 평화는 회복될 것이다.

그렇게 시즈쿠의 마음은 재구성을 마쳤다.

그 후로 시즈쿠는 세츠나의 거동을 빠짐없이 관찰했다. 이윽고 그녀가 열쇠를 찾은 듯한 낌새를 보였기에 이후에는 역으로 전혀 모르는 척을 하며 그녀의 경계망을 피했다. 다른 플레이어들을 속이려고 한 것인지, 세츠나는 한동안 열쇠를 찾는 시늉을 한 후 풀 밖으로 뛰기 시작했다.

시즈쿠는 곧바로 총을 겨누고 계속해서 쐈다.

세 발째가 그녀의 오른쪽 다리를 관통했다.

(17/25)

"……!!"

세츠나는 소리 없는 비명을 질렀다.

곧바로 몸의 균형을 유지할 수 없게 되어 넘어졌다. 욱신, 욱신, 넘어져서 아픈 것과는 다른 종류의 통증이 연속해서 밀려왔다. 세츠나는 전신을 조사해 그 근원을 발견해 냈다.

오른쪽 다리에서 하얗고 폭신폭신한 것이 흘러나와 있었다.

〈방부 처리〉 덕에 출혈은 멈췄으나 아팠다. 타는 듯한 통증이었다, 세츠나는 이 문구의 묘미를 그야말로 피부로 느꼈다. 상처는 손가락 하나가 들어갈까 말까 할 만큼 작았기에 총탄에 의한 상처임을 직감할 수 있었다.

총을 맞은 것이다.

누구에게? 세츠나의 시선은 자연히 풀 쪽으로 향했다.

그리고 권총을 겨눈 채로 시즈쿠가 올라오는 것을 봤다.

"……이런 건 이상해."

시즈쿠는 중얼거렸다.

"원래대로라면 이런 곳에 와서는 안 되었어. **우리**는 무사히 돌아가는 게 당연했어. 그래야만 했어."

그 목소리의 울림은 카나데와 닮았다. 자매라는 이유만은 아닐 것이다. 같은 정신 상태라서, 정신적으로 내몰렸기 때문에 비슷하게 들리는 것이다.

시즈쿠는 총구를 세츠나로부터 거두고 뒤쪽 풀에 있던 플레이어들에게 향했다. 방해가 들어오지 않도록 그 기세를 꺾어놓은 뒤, 세츠나와 풀 쪽을 번갈아 겨누며 걸어 나와 양쪽에 언제든 대응할 수 있는 위치까지 이동했다.

"열쇠를 발견하셨군요, 세츠나 씨."

시즈쿠는 그렇게 말하고 열쇠로 시선을 향했다. 총에 맞았을 때 놓쳐서 세츠나의 바로 곁에 떨어져 있었다.

"건네주실까요. 그 목숨째로."

그렇게 말하고 권총 방아쇠에 손가락을 걸었다.

그 총구를 보고 있자, 오른쪽 다리의 욱신거렸던 통증이 세츠나의 의식으로 치밀어 올라왔다. 이미 안 보이는 레이저가 비밀리에 발사되고 있고 그것에 공격당하는 듯한 착각마저 느꼈다.

세츠나는 오른쪽의 나이프를 봤다. 이쪽도 무기를 갖고는 있다. 하지만 안 된다. 이런 건 갖춰두고 있었을 뿐 쓰는 법도 모르고 쓸 각오도 안 되어 있다. 그래서 열쇠를 찾으려 한 것이다. 게다가 다리에 상처를 입었고, 상대는 총이다. 어떻게 이길 수 있다는 말인가? 도무지 길이 보이지 않았다.

그 사실을 시즈쿠의 말이 보강했다. 그렇다. 그녀는 게임에 휘말린 입장. 자의로 참가한 자신과 비교해서 어느 쪽이 살아남는 데 적합할 것인가? 고민할 필요도 없는 문제다. 애당초 죽여 주기를 바라고 게임에 참가했잖아? 다투기만 하는 속세에 진절머리가 났잖아? 바라던 바가 아닌가. 여기서 그녀에게 살해당하도록 해.

세츠나는 눈을 감았다.

울먹이는 표정으로 신에게 기도하려고 했다.

그러나 그때—.

유령의 손이 세츠나의 목덜미를 쓰다듬었다.

(18/25)

분명히 봤다. 그 모습을…….

유령 같은 플레이어, 유우키. 바람을 가르고 머리를 나부끼며 출렁다리를 질주하는 그녀의 모습을 상상 세계에서 세츠나는 봤다.

그러나 그 안에서 유우키가 떨어뜨린 것은 카나데가 아니었다. **세츠나였다**. 출렁다리에 있던 것은 어째서인지 자신이었고 유우키는 그 몸을 그때와 똑같이 밀어서 추락시켰다.

순간, 그때의 기분이 또렷이 되살아났다. 주저 없이 방해자를 제거했던 그녀. 그 모습을 보고 자신과는 다르다고 생각했다. 세상살이를 잘 해내는 건 이런 사람이라고 비딱하게도 생각했다. 그리고…….

자신도 그렇게 되고 싶다고 분명히 느꼈다.

아아, 그렇다. 그 모습. 그 행동거지! 모조리 쓸어버리고 초

토화하고는 홀로 선 그 모습. 뒤죽박죽 까다로운 문제 따위 생각하지 않는 순진무구한 모습. 그런 식으로 나도 완전무결하게 행동해 보고 싶다.

상상의 세계 속에서 세츠나는 그녀에게 손을 뻗었다.

현실 세계에서도 발이 앞으로 나갔다.

(19/25)

정신이 들고 보니 달리고 있었다.

눈을 뜨고 일어서 시즈쿠를 향해 무턱대고 돌진했다.

그러나 어리석었다. 총을 쥔 상대에게 정면으로 달려간다는 건 멍청함의 극치였고 애당초 달릴 수도 없었다. 달리기 시작한 지 불과 두 걸음째…… 총에 맞아 힘이 들어가지 않는 오른쪽 다리에 체중이 실린 시점에서 풀썩, 하고 세츠나는 무너져 내렸다. 몸이 비스듬하게 기울어 넘어져서는 광장을 데굴데굴 굴렀다.

그 와중에 세츠나는 총성을 들었다.

자신에게 쏜 것이다. 세츠나는 온몸에 퍼지는 통증을 각오했지만 딱히 아무 일도 없었다. 빗나간 것이다. 두 발, 세 발, 더 총성이 들렸지만 그래도 맞지 않는다. 세츠나가 구르고 있어서? 움직이고 있어서 맞추기 힘든 것인가? 그러고 보니 처음에도 세 발째에 겨우 명중했던 것이 생각났다. 그렇다. 곧잘 말하지 않는가. 아마추어가 총을 갖고 있어도 제대로 쓰지 못한다고. 상대가 총이어서? 다쳐서? 그게 어떻다고. 아마추어끼리의 싸움이다. 얼마든지 요행이 있을 수 있잖아!

땅바닥에 손을 대고 세츠나는 일어섰다.

바로 전의 실패를 교훈 삼아 두 손과 왼쪽 다리로 개처럼 뛰었다. 넘어진 덕분에 시즈쿠와의 거리는 이미 상당히 줄어들었다. 직선거리로 10미터도 안 된다. 다가오는 세츠나에게 시즈쿠는 권총을 향했다. 그러나 금방 발포하지 않았다. 아마도 신중하게 겨누는 방침으로 바꾼 듯했지만 그녀가 조준을 미처 다 하기도 전에 세츠나는 충분한 거리까지 접근해서 점프했다.

공중에서 칼집에 들어있던 나이프를 빼냈다.

공중에 있는 세츠나를 향해 시즈쿠는 다시 조준했다. 그로 인해 상반신이 다소 뒤로 젖혀졌고 그 몸에 무릎을 갖다 대듯이 세츠나는 **착지**했다. 몸이 접촉, 즉 거리가 제로인 공격하기도 당하기도 자유자재인 가까운 거리였다.

세츠나는 시즈쿠의 목에 나이프를 꽂았다.

시즈쿠는 세츠나의 이마에 권총을 갖다 댔다.

세츠나는 머리를 옆으로 흔들었다. 권총의 저격 범위에서 벗어나려고 했으나 지금까지와 같은 행운은 이 거리에서 당연히 통용되지 않았다.

"……!!!!!"

달궈진 철판에 안면이 짓눌린 듯한 통증과 열기가 세츠나에게 엄습했다.

아마도 총탄이 두개골을 미끄러지듯이 관통한 것이다. 피 때문인지 눈물 때문인지 시야의 오른쪽 반이 뿌예졌다. 뇌는 손상을 입지 않은 것일까. 이 부상은 죽음에 이르는 것일까? 알 수 없다.

그러나 당장은 손이 움직였다. 의지도 사라지지 않았다. 시즈쿠의 목에 꽂은 나이프를 세츠나는 더 깊숙이 침입시켰다. 이 이상 깊이 꽂지 못하게 되었을 즈음, 시즈쿠는 천장을 보며 쓰러졌다. 자세 관계상 자연히 세츠나가 시즈쿠의 몸 위에 올라탄 듯한 자세가 되었다. 머리를, 배를, 팔을, 다리를, 온갖 부위를 마구 찔러 주었다.

"……죽어."

정신이 들고 보니, 세츠나는 그런 말을 입에 담고 있었다.

"네가 죽어! 내게 상처를 준 녀석은 다 죽어 버려!!"

쉴 새 없이 공격을 이어갔다. 전혀 피로가 느껴지지 않았다. 분명 지나치게 흥분한 탓이다. 시즈쿠가 저항하지 못하게 되었어도, 확실히 죽었음을 알 만한 상태가 되었어도 세츠나는 칼을 내리꽂는 것을 멈추지 않았다. 조금이라도 기세를 풀면, 도로 1분 전까지의 자신으로 복귀할 것 같았기 때문이었다.

그러던 와중 광장에 한 줄기 바람이 불어와 세츠나의 오른쪽 얼굴의 상처를 어루만졌다.

욱신거리는 날카로운 통증이 제정신을 차리게 해주었다.

그리고 상황을 떠올렸다. 풀 쪽을 본다. 남은 플레이어들은 전부 질려있는 상태였다. 세츠나와 시즈쿠의 싸움이 얼마나 격렬했는지를 보여주고 있었다. 덮쳐올 기세는 없어 보였지만 그래도 세츠나는 시즈쿠의 손에서 권총을 빼앗고 만일에 대비해 위협을 해뒀다.

열쇠는 어디야, 하면서 뒤졌다. 주변을 둘러보았지만 어디에도 없었다. 혹시 누가 주웠나? 하고 생각했을 때 자기 옷에서 찰랑하고 열쇠가 떨어지는 소리를 들었다. 무의식중에 체육복에 찔러 넣은 모양이었다.

세츠나는 열쇠를 주웠다. 바닥을 기어가서 〈8〉번 문으로 빠져나갔다.

(20/25)

문 너머에는 넓은 길이 이어져 있었다.

그저 넓기만 한 길이다. 아무것도 없다. 경기장도, 침봉도, 타이머도……. 뒤를 보니, 조금 전 통과한 〈8〉번 문이 자동으로 닫힐 즈음이었다. 아치에 적힌 〈GOAL〉이라는 글자가 이쪽 문에서는 거울 문자가 되어 있었다. 골인했다는 실감이 세츠나의 안에서 부글부글 솟아올랐다.

"와. 그 얼굴 어떻게 된 건가요……?"

그 말을 듣고 세츠나는 놀랐다.

옆을 보자 유우키가 있었다. 골 바로 곁에서 아치에 기대듯이 앉아 있다. 세츠나를 기다리고 있었던 모양이다.

“세츠나 씨……죠? 아마도.”

유우키는 의아해하며 말했다. 현재 세츠나의 얼굴 반쪽에는 〈방부 처리〉로 인한 하얗고 폭신폭신한 것이 잔뜩 들러붙어 있어 얼굴을 판별하기 힘들었다. 그러나 유우키의 시선을 보아하니 가슴의 이름표에 있는 이름으로 세츠나라고 판단한 모양이다.

“세츠나예요.”

그렇게 답했다. 말하는 것만으로 얼굴 피부가 당겨져서 상처가 아파져 왔다.

“이제, 게임 클리어죠?”

세츠나가 물었다.

“네. 아마도 그런 것 같아요. 골이라고 적힌 아치를 빠져나왔으니까요.”

유우키는 아치를 쳐다보며 이어서 말했다.

“골이 아닐지도 몰라서 일단 대기 중이지만.”

“이 길을 따라가면 되는 건가요?”

눈앞의 넓은 길을 보고 세츠나가 말했다. 멀찍이 경기장의 출구 같은 장소가 보였다. 철책을 경계로 길이 숲길로 바뀌었고 차가 몇 대인가 세워져 있었다.

“잘 모르겠지만, 모두 저쪽으로 향하더라고요.”

유우키는 파친코 매장의 점원처럼 말했다.

조금 더 가야 하는 모양이었다. 세츠나는 유우키와 함께 걸었다.

"죄송한데, 어깨를 빌려주시겠어요? 오른쪽 다리를 다쳐서……."

오른쪽 다리를 움직일 수 없게 되었기에 유우키에게 부탁하고 어깨를 빌렸다.

이인삼각으로 이동하다 보니 마음이 진정되었다. 흥분이 가라앉자 나약한 자신이 또 고개를 들었다. 자신이 저질러 버린 행위를 떠올렸다.

"유우키 씨."

"네."

"털어놓고 싶은 게 있어요. 들어 주시겠어요?"

"뭐죠?"

"아까 광장에서 시즈쿠 씨를 죽이고 왔어요."

유우키는 대꾸를 하지 않았다.

"열쇠 쟁탈전을 벌이게 되었어요. 그 풀에는 여러 가지 무기가 숨겨져 있었는데……. 그걸 써서 싸웠죠. 다친 건 그 때문입니다."

"네……."

"무서웠어요."

세츠나의 목소리가 울먹였다.

"죽는 게 두려웠어요. 막상 그 상황이 되자 몸이 멋대로 움직여 버렸죠."

생각해 보니 무슨 짓을 하는 건가, 라는 이야기다. 죽고 싶었던 주제에 막상 무대가 갖춰지니 그걸 거부하고 상대를 죽였다. 게다가 게임에 휘말렸을 뿐인 일반인을.

"어떻게 하면 좋을까요, 저는……."

대답을 원한 것은 아니었다. 물을 필요도 없이 알고 있었다. 어쩔 수 없다, 가 대답이다. 너 같은 어중간한 인간에게 목적지로 삼을 장소 같은 건 없다.

이 세상은 지옥이다. 저세상으로 날아갈 용기도 없다.

그래서 나를 구원해 줄 것은 아무 데도 없는 것이다.

"세츠나 씨."

유우키가 말했다.

"네."

"지금 와서 무슨 소리냐고 할지도 모르지만, 해도 좋을까요?"

"네."

"죽인다든지, 죽는다든지…… 아까부터 무슨 이야기죠?"

"네?"

"뭔가, 마치 **진짜 데스 게임 같이 말씀하시잖아요.**"

(21/25)

놀라는 것조차 불가능했다.

전혀 맥락이 없는 말처럼 들렸다. 「네……?」라는 한 글자로 답하는 것이 세츠나로서는 최선이었다.

"철조망 때도 생각했는데…… 뭔가 이상하게 몰입하고 계셨죠, 세츠나 씨. 진정하시는 편이 나아요. 어차피 게임이니까요."

입이 빼끔거리는 것이 스스로도 느껴졌다. 묘하게도 말이 안 나온다는 것은 이런 상태로구나, 라고 냉정하게 느꼈다.

"진짜인데요."

시간을 들여 세츠나는 가까스로 하고 싶은 말을 했다.

"설마."

유우키는 웃었다. 세츠나는 처음으로 그녀의 웃는 표정을 봤다.

"그런 게 현대 일본에서 가능할 리가 없잖아요."

"어…… 그…… 그럼 유우키 씨, 반대로 이게 뭐라고 생각하셨는데요?"

"무슨 기획이겠죠? TV 프로그램이나, 아니면 동영상 사이트나 스트리밍 서비스나. 이렇게까지 **연출**에 힘을 준 건 처음 봤지만."

"……연출이라니."

그럴 리가 없다. 아무리 둔감한 인간이라도, 저만큼의 일이 벌어졌는데 〈연출〉이라고 생각할 리가 없다.

"아니, 유우키 씨, 죽은 플레이어를 많이 보셨잖아요? 경기에 실패해서 침봉에 꽂혀서……."

"봤지만 정말로 꽂힐 리가 없잖아요? **피가 안 나왔고**. 뭔가 하얗고 폭신폭신한 것이 나왔을 뿐이었어요. 세츠나 씨도 봐요. 다쳤다고 하지만 하얀 게 붙어 있을 뿐이잖아요."

"아니, 이건 〈방부 처리〉라는 효과로……."

거기까지 말하고 세츠나의 입이 멈췄다. 〈방부 처리〉에 대해 유우키에게 설명했던가?

"게다가 세츠나 씨 본인도 말했잖아요. 단지 서바이벌 게임이라고."

계속 떠올린다. 이것이 살인 게임이라는 걸 자신은 제대로 설명했던가? 〈단지〉라고는 말하지 않았지만 서바이벌 게임이라는 표현을 쓴 건 기억한다. 급박한 상황이었기에 자세한 설명은 생략한 것이다.

세츠나는 유우키를 봤다.

그 모습에는 겉보기에 상처 하나 없었다. 이 게임에서 그녀는 전혀 다치지 않았다. 그것은 즉, 그 하얗고 폭신폭신한 것이 몸에서 나온 것이라는 걸 눈치챌 기회가 없었다는 뜻이다. 위험한 상황과 마주하지 못했기에 위험성도 깨닫지 못했다.

그녀의 어딘가 태평했던 태도가 이제는 이해되었다. 목숨을 건 게임이라고 생각하지 않았으니 태평하게 있을 수 있었을 것이다. 아니, 하지만 주위의 플레이어의 분위기에서 어딘가의 단계에서 눈치챌 만한 것은 없었나? 어쩜 이리 **둔감**한 인간일까, 하고 세츠나는 생각했다.

그래도 인정하지 않을 수 없었다.

이 사람은 자신이 놓인 상황을 모르고 게임을 클리어한 것이다.

잠깐만 그렇다면 그건 어떻게 되지? 출렁다리 경기에서 카나데를 밀어 떨어뜨린 것은…… 딱히 죽을 리가 없다고 생각해서? 단순히 탈락시킬 뿐이라고 생각해서 실행할 수 있었던 건가?

그것에 감화되어 살아남은 나는, 대체?

“세츠나 씨?”

아주 잠깐 걱정스러운 모습으로 유우키는 세츠나의 얼굴을 들여다봤다.

“괜찮으세요? 세츠나 씨, 살아 있나요?”

그 한마디에 모든 것이 무너졌다.

세츠나는 웃음을 터뜨렸다.

둑이 터진 듯 웃음과 눈물이 넘쳤다. 웃는 것만으로도 얼굴의 상처가 아픈데 도저히 멈출 수 없었다. 유쾌함과 슬픔과 부조리하다는 감각과, 무책임함과, 많은 감정이 **번뜩**거려 멈출 방도가 없었다.

마음 깊숙이 생각했다.

이런 녀석도 살아 있는데 내가 죽는다니 말도 안 돼.

(22/25)

그렇게 게임은 끝났다.

초심자만으로 구성된 게임 〈메이든 레이스〉. 참가자 수는 50명. 생환자는 13명. 최종 경기에 숨겨져 있던 15개의 열쇠 중 2개는 발견되지 못하고 시간 종료가 되었다. 50분의 13, 초심자만 모은 게임으로서도 상당히 낮은 생환율을 기록했다.

또한 생환율뿐 아니라 **지속률**도 높다고 말하기 어려운 결과로 끝났다. 생환 후 계속 이 세계에 남은 자는 단 두 명. 한 명은 플레이어 네임 유우키. 그저 〈오락〉이라고 착각한 게임을 클리어한 그녀는 진실을 알고도 플레이어를 이어갔다. 어쩌면 재능이 있을지도 모른다고 여겼기 때문이다. 조금 비정기적인 형태라 되었지만 그녀를 스카우트한 에이전트의 눈썰미는 나쁘지 않았던 것 같다.

그리고 또 한 사람은…….

(23/25)

유우키의 에이전트는 자동차를 운전 중이었다.

(24/25)

밤길을 차가 달리고 있었다.

당장에라도 어둠 속에 녹아들 법한 새까만 자동차였다. 그

핸들을 쥔 것은 설녀 같은 차가운 분위기의 여성이다.

여성에게 본명은 없다.

에이전트가 되었을 때 호적은 말소되어 버렸기 때문이다. 그렇다고 해도 기억까지는 지우지 않았기에 원래 쓰던 이름은 기억하고 있다. 유키노 나나미(雪乃 七見)다.

게임에 참가했을 때의 플레이어 네임은, 세츠나.

세츠나는 에이전트가 되었다. 얼굴을 바꾸고 이름을 세탁하고 완전히 다른 사람이 되어 게임의 세계를 그늘에서 지탱하는 존재가 되었다.

어째서인지 묻는다면 직업을 구하기가 힘들었기 때문이다. 그 게임 〈메이든 레이스〉를 거쳐 세츠나는 안정을 되찾았다. 사람의 마음에 원래대로라면 그어져 있어야만 하는, 하지만 세츠나의 마음에서는 지워져 가고 있던 선 하나를 다시 그을 수 있었다. 그건 잘된 일이었지만 그래도 사회로부터 거리를 두고 있고 직업이 없다는 현실 상황은 변함없었다. 앞으로의 삶의 방향으로서 세츠나는 에이전트의 길을 택했다. 게임에 참가하는 것은 이미 지긋지긋했지만 기왕이면 이 세계에 몸을 담그자고 생각한 것이다.

에이전트가 되고 한동안, 유우키가 플레이어를 계속하고 있다는 사실을 알았다. 곧바로 전속 에이전트로 지원했다. 자신을 지독하게 휘둘렀던 악령을 내쫓아 준 그녀의 앞날을 곁에서 지켜보고 싶었기 때문이다.

차가 신호에 걸렸다.

핸들을 툭툭 치며 에이전트는 한숨을 내쉬었다.

걱정스러운 한숨이었다. 자신의 담당 플레이어 유우키는 상태가 상당히 좋지 않았다. 62회차 게임을 클리어한 그녀를 조금 전에 자택에 데려다주었으나 보아하니 그녀는 제자인 타마모를 살해한 사실을 잊고 있었다. 또는 잊은 척을 하고 있을 뿐인지도 몰랐지만 어느 쪽이든 그렇게 해야만 할 정도의 큰 사건이었다. 에이전트가 처음 만났을 적의 유우키라면 도저히 상상도 할 수 없는 사태였으나 이것은 즉, 언제까지나 사람은 무적일 수 없다는 뜻이리라.

과거 유우키가 그러했듯 이쪽도 눈치 있게 위로하는 말을 해주면 좋았겠지만 쓸만한 말이 떠오르지 않았다. 그녀를 자택 부근에 배웅한다는 업무를 그저 조용히 수행하고 귀로에 올랐다. 고민해 봐야 소용없는 것을 에이전트는 저도 모르게 고민하고 만다. 과연 다시 일어서 줄까. 그녀는 플레이어 일을 계속 해줄까?

그런 생각을 하고 있던 차에 전화가 걸려 왔다.

휴대폰을 보니 발신자는 유우키였다. 이미 신호가 파란불로 바뀌어 있어 운전 중이었으나, 통화하면서 운전하는 것을 금지하는 법률을 지키는 것보다 그녀의 연락에 빨리 답하는 쪽이 당연히 우선이었기 때문에 곧바로 전화를 받았다.

"네."

"아, 에이전트 씨."

유우키의 목소리가 들렸다. 그 한마디만으로도 초조하다는 것을 알 수 있었다.

"저기, 수면제 말인데요…… 갖고 계세요?"

수면제라면, 게임 참가자에게 먹이는 그건가? 플레이어는 게임 무대로 이동할 때 수면제를 먹고 잠이 든다.

"갖고 있는데요."

에이전트는 그렇게 대답했다.

"아아, 다행이다."

"무슨 일이라도 있나요?"

대답은 없었다. 그 대신 전화를 통해 바삭바삭하고 풀숲을 빠져나가는 소리가 들려왔다. 대체 무슨 일이지, 라고 에이전트는 생각했다.

이윽고 다시 유우키의 목소리가 들렸다.

"……부탁입니다! 당장 데리러 와 주세요!! 저를 **지금 당장 재워 주세요!**"

(25/25)

2. 스노우 룸 (62.5회차)

(0/44)

시간은 조금 거슬러 올라간다.

(1/44)

“어때, 이제 기억이 잘 나나?”

환영의 말에 유우키는 눈을 떴다.

눈에 비친 것은 세 평짜리 빌라. 아까까지와 아무것도 바뀌지 않은 그 광경. 유우키와 똑 닮은 얼굴로, 완전히 똑같은 운동복 차림으로 빙긋이 웃는 자신의 환영이 눈앞에 달라붙어 떨어지지 않는다.

유우키는 대답을 하지 않았다.

그러나 분명 떠올렸다. 맨 첫 게임의 자신에 대해서. 그렇다, 내 커리어는 그런 식의 조금 색다른 방식으로 시작된 것이다.

“둔감한 인간이었지. 옛날에는, 지금보다도.”

환영이 말했다.

“……그래서, 어떻다고?”

유우키가 대답했다.

“그러니까 **그때**로 되돌려 주겠다는 거야.”

환영은 두 손을 펼쳤다.

“내게 정신을 맡겨. 그러면 그때의 너로 돌아갈 거야.”

유우키는 미간을 찌푸렸다. 환영이 하는 말이 잘 이해되지 않았기 때문이다.

"내가 바꿔주겠다는 거야. 상심한 너 대신에 플레이어를 해 줄게. 너와 달리 나는, 이상한 걸 복잡하게 고민하지 않아. 죽이고, 부수고, 연승 기록을 쌓아서, 그걸로 끝이다. 너보다 훨씬 게임을 잘 진행해 줄게."

"내 정신을 지배할 작정이야?"

"지배한다는 표현은 좀 그런데? 아마 나를 정체를 알 수 없는 괴물 취급하나 본데, 나는 너 자신이라고. 네 마음의 문제야. ……뭐, 게임의 정체조차 눈치채지 못하는 상태로는, 이제 와서 되돌리기 힘들겠지만…… 그래도 지금 너보다는 둔감하고, 간결하고, 강해. 이런 나로 돌아가고 싶지 않아?"

"헛소리 마."

쌀쌀맞게 유우키는 대답했다.

"무엇 때문에…… 네가 말하는 민감하고 복잡하고 나약한 인간이 된 것 같아? 99회 때문이야. 그걸 위해 감각을 연마했기 때문이야. 그걸 옛날로 되돌려 어쩌자고? 본말전도잖아."

그런 뻔뻔한 태도가 유우키는 싫었다. 그런 플레이어의 죽음을 많이 봐 왔기 때문이다. 어려운 걸 생각하지 않게 된 녀석부터 죽는다. 섬세한 감각을 잃은 녀석은 죽는다. 그 시절의 나로 돌아간다면 분명 3회도 버티지 못할 것이다.

그러나 환영은 「그럴까?」라고 말하며 듣지 않았다.

"뭔가 증거라도 있나? 의외로 되돌리는 편이 잘 풀리지 않을까? 세상을 둘러봐도 그렇잖아. 상처받은 적이 인생에서 한 번도 없는 것처럼, 그런 식으로 행동하는 인간이 부도 지위도 다 누린다고. 그쪽이 낫잖아? 적어도 확실히 말할 수 있는 이점이 하나 있어. 그쪽이 네 마음이 편하다고. 지금과는 비교가 안 될 정도로."

유우키는 반박하고 싶어졌지만 그만뒀다.

그녀는 자신인 것이다. 토론은 무의미했다. 그녀를 논파해서 소멸시킬 수 있다면 애당초 출현하지도 않았을 것이다. 유우키의 마음이 그쪽에 기울어졌기 때문에 녀석이 나타난 것이다.

"그래서…… 어쩔 건데?"

자신의 환각이 물어 왔다.

"분명히 답해줘. **나**에게 맡길 거야? 아니면 **너**인 채로 있을 거야?"

"……."

유우키는 생각했다.

이 선택은 중요하다. 틀림없이 자기 미래의 향방을 바꿀 것이다. 고민할 것도 없이, 직감할 필요도 없이 이미 사실로 알고 있는 듯 유우키는 그렇게 생각했다.

No라고 입으로 말할 수는 있다. 그러나 그것은 아무런 해결책도 되지 않는다. 돌아가고 싶다고 생각하는 것도 사실인 것이다. 타마모의 경우만이 아니라, 앞으로는 힘든 일들이 수도 없이 기다리고 있을 것이다. 99회의 종반전. 한쪽 눈의 시력 상실. 그리고 스승과 같은 데미지의 축적. 불안한 미래를 얼마든지 상상할 수 있다.

그 시절의 자신을 원한다. 마음 어딘가에서…….

살인 게임에 참가 중이라는 것조차 눈치채지 못하는 둔감한 자신.

타인을 죽여도 죽인 것조차 깨닫지 못하는 최강의 자신.

유우키는 천천히 생각했다. 그렇게 있어도 환영은 재촉하지 않는다. 점차적 설득이 아니라 진심에서 우러나온 동의를 요구하는 것이다. 그 태도를 유우키는 실컷 활용했다. 해가 뜨고, 다시 지고, 같은 시각에 돌아온 것이 아닐까 싶을 정도로 장고를 거쳤다.

이 이상 생각해도 결론은 바뀌지 않을 것 같은 상태에 도달한 뒤 유우키는 환영의 눈을 봤다.

"싫어."

그리고 대답했다.

"나는, 너로는 돌아가지 않아. 편해질 생각은 없어."

"……그래?"

못 말리겠다는 듯 환영은 고개를 저었다.

"유감이로군."

"내 앞에서 꺼져."

"공교롭게도 그렇게는 못 하겠어."

자신의 환영은 일어서서 어깨를 돌렸다.

"무난하게 해결되면 사라질 생각이었는데……. 동의를 얻지 못했으니 어쩔 수 없지."

그리고 환영은 손을 뺐었다. 환상일 뿐인 몸을 풀고나서 그녀가 말했다.

"**힘으로** 네 몸을 받아야겠어."

(2/44)

환영은 유우키를 향해 걸어왔다.

한 걸음, 또 한 걸음 나아간다. 세 평짜리 좁은 방이기에 몇 걸음만 더 가면 손이 닿을 거리까지 오게 된다.

그녀가 육박하기까지의 잠깐의 틈을 타 유우키는 생각했다. 힘으로, 힘으로라고 말했나, 지금? 설마 붙어 보겠다는 건가? 하지만 녀석은 환상일 텐데. 의문은 해소되지 않았지만 인간의 형태를 띤 것이 전의와 함께 다가온다는 사실에 방어 태세를 갖췄다.

그런 유우키에게 과시하듯이 환영은 천천히 주먹을 쥐었다. 그 주먹을 뒤로 당기더니 유우키가 방어 자세를 취하는 시간을 충분히 주고 나서…… 안면에 펀치를 날려 왔다.

우선 당연한 일이 벌어졌다. 가드로 얼굴 앞에 뒀던 유우키의 팔에 환영의 주먹이 접촉해 통과했다. 전혀 놀랄 일이 아니었다. 평범한 일이다. 환영이니까 팔을 갖다 대봐야 방어할 수 있을 리가 없다.

그러나 그 직후, **환영의 펀치가 얼굴에 맞자** 유우키의 전신 구석구석까지 혼란으로 가득 찼다. 얻어맞은 감각이 확실히 있어서 뒤로 휘청거리며 방 벽에 부딪혔다. 저도 모르게 바닥에 주저앉아서는 한동안 일어서지 못했다.

"어떻게 된 거야?"

유우키를 내려다보며 환영이 말했다.

"설마, 맞지도 않는 주먹을 휘두를 줄 알았어?"

혼란에서 깨어나지 못하는 와중에 유우키는 맞은 곳인 얼굴의 미간 주변을 만졌다. 욱신욱신 아프다. 피는 안 났지만 분명히 맞았다. 뭐야? 나는 무슨 일을 당한 거지?

아니, 아니다. **한 것**은 나다. 마치 펀치를 먹은 것처럼 **느끼고 있는 것이다**. 생각이라도 해 보라. 보통이라면 환영 같은 건 안 보이는 법이다. 내 마음의 일부는 이미 내 뜻대로 안 된다. 녀석은 나를 정신세계에서 공격할 수 있는 것이다!

환영은 또다시 걸어왔다. 유우키는 황급히 일어섰다.

어떻게 이런 일이……. 기구한 체험을 그럭저럭 해오긴 했지만 환영에게 얻어맞은 건 태어나서 처음이다. 앞으로 두 번 다시 경험할 기회는 없을 것이다.

그러나, 하지만 말이다. **그런 이야기**라면 유우키에게도 대응할 방법은 있다. 힘으로 밀어붙이겠다고? 좋다, 해봐라. 그거라면 내 전문 분야다. 유우키는 태세를 취하고 양쪽 주먹을 꽉 쥐었다. 파이팅 포즈에 압도당한 기색도 없이, 경계하지도 않고,

자신의 환영은 속도를 떨어뜨리지 않고서 걸어왔다. 적절한 간격까지 그녀를 끌어당기고 나서 유우키는 환영의 안면에 반격의 오른쪽 스트레이트를 날렸다.

그러나, 하지만…….

이쪽의 공격은 전혀 먹히지 않고 **통과되었다**.

말 그대로 유우키의 주먹이 관통된 얼굴로 환영은 빙긋이 웃고는, 그리고 이번에는 유우키의 명치를 때렸다. 그쪽은 제대로 맞아들어가 유우키는 무너져 내렸다.

"뭐 하는 거야? 거기에는 아무것도 없어."

환영은 비웃듯이 말했다.

"……이런 바보 같은 경우가 있냐고!"

유우키는 아픈 배를 누르며 외쳤다.

"공평하지 않아! 환영!"

"그렇게 소리를 지르고……. 이웃분들께 들릴 텐데?"

환영은 큭큭 웃었다.

"공평하지 않다고? 그렇지 않아. 이건 실력이야. 옛날 내 쪽이 강하다는, 그 사실을 반영하고 있는 게 아닐까?"

그렇게 말하고 환영의 발이 움직였다.

킥이다. 유우키는 재빨리 굴러 그 일격을 피했다.

이어서 일어나자마자 현관으로 달려갔다. 거의 본능적인 판단이었다. 저쪽의 공격은 먹힌다. 이쪽은 먹히지 않는다. 그러니 도망칠 수밖에 없다. 그뿐이었다. 앞뒤를 가릴 여유는 이 순간의 유우키에게는 없었다. 신발을 신을 시간조차 아까워서 팔을 최대한 뻗어 한시라도 빨리 잠금장치와 체인을 풀고, 속도가 되도록 떨어지지 않게 유우키는 현관문을 열었다.

빌라 복도로 나섰다. 아무도 없다. 곧바로 유우키는 건물에서도 나가 밤길을 달렸다. 아주 잠깐 뒤로 돌자 환영이 쫓아오는 것이 보였다. 그 속도는 유우키와 다름없다. 달리는 속도는 똑같은 걸까, 그렇게 생각하며 전력으로 계속 도망쳤다.

한편 머리는 미래에 대해 생각하고 있었다. 이제부터 어쩌지? 이대로 평생 도망치고 다닐 수도 없는 노릇이다. 저 환영을 어떻게든 해야만……. 도대체 환영은 나를 어떻게 할 작정일까? 〈네 몸을 받겠다〉라는 식으로 녀석은 말했다. 구체적으로 어떻게 될까? 어떻게 되면 내 패배인가? 물리적으로 기절하면? 아니면 공격을 당하면서 데미지를 착각하는 것과 같은 원리로 내 마음이 죽음에 이르는 걸까? 알 수 없다. 그러나 여기서 이렇게 생각하는 나는 사라진다고 봐도 좋을 것이다.

더욱 알 수 없는 것은 승리 조건 쪽이다. 어떻게 해야 녀석을 죽일 수 있지? 주위에서 유령이라고 불린 지 오래인 나이지만 환영에게 공격을 가할 수단은 갖추고 있지 않다. 같은 조건으로 싸우지 못한다. 그야말로 게임의 패배 이벤트라고밖에 여겨지지 않는 상태다.

"……."

잠깐…… 게임?

"이봐, 자꾸 머리 굴리지 마."

그 순간 옆에서 목소리가 들려왔다.

쳐다보자, 자신의 환영이 바로 곁에 있었다. 이미 공격 태세에 들어가 공중에서 몸을 돌리고 있었다.

그녀의 회전 킥이 날아올 때까지의 찰나에 유우키는 봤다. 환영의 등 뒤에 계단이 있었다. 근처의 지도와 자신이 달려온 길이 머리에 떠오른다. 그 계단을 지나면 지름길이다. 더 짧은 거리로 이 지점에 와서 자신을 따라올 수 있다, 그런 로직이 완성된 시점에 유우키는 왼쪽 옆구리에 강력한 타격을 입었다.

유우키는 바닥을 굴러가 길 가장자리에 설치된 가드레일에 부딪혔다. 그 거리는 높은 곳에 있어서 가드레일 너머는 작은 벼랑이었다. 그것을 빠져나가 유우키는 벼랑으로 몸을 날렸다. 벼랑을 포장한 판 초콜릿 같은 모양의 벽 —옹벽이라는 이름임을 최근에 알았다— 을 미끄러져 내려가 아래 도로에 내려섰다. 유우키가 벼랑 위를 보자 환영도 가드레일을 뛰어넘어 오는 참이었다. 서둘러 도망쳤다.

또 당했다. 그러나 수확도 있었다. 분명히 따라잡혔지만 말도 안 되는 초자연적인 힘으로 그렇게 된 것은 아니다. 계단을 지나 지름길로 왔다는 로직을 유우키는 확인했다.

그래, 로직이다. 그것이 키워드이다. 저 환영은 내 머리가 만들어 낸 존재. 과거에 있었던 무적의 자신을 본뜬 것. **그뿐인 것이다**. 녀석이 직접 그럴싸하게 말한 대로 정체를 알 수 없는 괴물 같은 건 절대 아니다.

달리는 속도는 같지만 지름길을 통해 따라잡힐지도 모른다.

예전의 자신이 강하기 때문에 난타전이 된다면 일방적으로 당할 것이다.

둘 다 내 안에서는 이치에 맞다. 환영이 말한 대로 이 녀석은 공평하다. 환영이라고 해서 뭐든지 가능한 것은 아니다. 거기에는 규칙이 있고 속박이 있다. 내가 무의식적으로 설정해 둔 로직에 따라서 이 녀석은 움직이고 있다.

그렇다면…….

유우키의 안에서 작전이 짜였다.

어쨌든 우선 필요한 것은 시간이다. 환영의 발을 묶어놔야 한다. 그럴 방법으로 유우키가 생각해 낼 수 있는 건 한 가지밖에 없다. 그것이 작전의 제1단계.

그리고 제2단계는, 말하자면 남에게 맡기는 것이다. 그렇지만 분명 **그녀**라면 어떻게든 해줄 것이다. 과거 실제로 그렇게 해준 적이 있으니까. 마음이 약해져 환영에게 들볶이고 있는 유우키의 현재 상황에 그녀가 화를 내지 않아야만 성립되는 이야기이지만…….

유우키는 휴대폰을 꺼냈다.

슬프게도 화면이 깨져 있었다. 아까 넘어졌을 때 그런 것이리라. 그러나 기능 면에서는 문제가 없어 에이전트에게 전화를 걸 수 있었다.

"네."

그녀는 곧바로 전화를 받아 주었다.

"아, 에이전트 씨."

인사도 없이 유우키는 용건을 전달했다.

"저기, 수면제, 말인데요…… 갖고 계세요?"

그 목소리로 긴급함이 전해졌는지 에이전트는 단적으로「갖고 있는데요」라고 대답했다.

"아아, 다행이다."

"무슨 일이라도 있나요?"

유우키가 대답을 내뱉으려던 그때 살기를 느꼈다.

어느새 옆에 있었던 환영의 하이킥을 유우키는 빠른 타이밍에 반응할 수 있었다. 몸을 낮춰 피하고는 마침 가까이에 있던 보도 가장자리의 커다란 수풀에 들어갔다. 바삭바삭 소리를 내면서 그곳을 빠져나가며 유우키가 말했다.

"……부탁입니다! 당장 데리러 와 주세요!! 저를 지금 당장 재워 주세요!"

(3/44)

편의상 〈데리러 와라〉라고 유우키는 말했지만, 그건 무리였다. 여기저기를 뛰어다니며 끊임없이 위치가 바뀌는 유우키를 차에 태우는 것은 현실적이지 않다.

따라서 에이전트에게 어딘가 가까이에서 대기해 달라고 했다. 우선 유우키가 현재 위치를 메시지 앱을 통해 송신. 그것을 받은 에이전트가 만날 장소를 제안하면 유우키가 거기로 가는 방식을 취했다.

이윽고 에이전트로부터 현재 위치를 안내받았는데 거기서 그리 멀지 않았다. 생각해 보면 당연한 것이 에이전트가 유우키를 배웅한 후 시간적으로 아직 15분도 지나지 않은 것이다. 유우키로서는 환영이 나타난다는 비일상적인 체험을 하는 중이라 마치 사흘 정도는 지난 듯한 기분이었으나 실제로 에이전트는 아직 가까이에 있었기에 금방 돌아와 줄 것이다.

유우키는 합류 지점으로 향했다. 환영으로부터 계속 도망치는 것은, 적어도 한동안은 그다지 어렵지 않았다. 환영이 달리는 속도 자체는 유우키와 같아서 지름길을 가로지르지 못하도록 주의하면, 로직이 성립되지 않도록 조치해 두면 따라잡힐 우려는 없다. 문제가 발생한 것은 도주를 개시한 뒤로 10분 정도 지난 시점이었는데 요컨대 환영은 피로를 몰랐다. 환영일 뿐인 손발에 유산은 쌓이지 않고 폐가 산소로 인해 힘들어할 일도 없다는 이치지만, 살아있는 몸이기에 지치는 유우키는 점차 기진맥진해서 궁지에 몰렸다.

기다렸던 에이전트의 차량을 발견했을 때는 곧바로 나아가는 것조차 힘들 정도로 다리가 기운을 잃은 상태였다.

"유우키 씨! 이쪽입니다!"

그렇게 말하며 에이전트가 달려왔다. 그 두 손은 캡슐형 수면제와 그것을 삼키기 위한 물이 든 종이컵을 들고 있었다.

지금의 유우키에게는 너무도 절실히 필요한 물건이었다.

그것이 작전의 제1단계였다. 내 머리가 만들어 낸 환영, 그 발을 묶어놓으려면 어떻게 해야 하나? 간단하다. **유우키의 의식을 잃게 하면 된다**. 생각할 머리가 없기에 환영 같은 걸 볼 이유가 없다. 단순명쾌한 해결책이다. 물론 그것만으로는 근절할 수는 없지만 시간을 벌 수는 있다.

한계에 치달은 발을 움직이며 유우키는 뒤돌아봤다.

환영이 있다. 유우키의 발걸음이 느려진 탓에 그 거리는 점점 좁혀지고 있었다. 차까지 도망칠 수 없을 것이다. 에이전트가 나와 준 것은 참으로 지혜로운 처신이었으나 그래도 그녀가 있는 곳까지 달릴 수 있을지 유우키로서는 의심스러웠다.

유우키와, 에이전트와, 환영. 세 명의 거리가 좁혀져 간다.

그 와중에 잠깐, 하고 유우키는 생각했다.

가령 환영이 따라잡았다고 해도, 뭘 할 수 있다는 건가? 환영은 실체가 없기에 에이전트를 만지지 못할 것이다. 그녀가 수면제를 건네려고 하는 것에 간섭할 수 없다. 받는 쪽인 유우키를 방해하는 것으로서 일단 방해는 가능하겠지만 그 이상의 행위가 가능할까? 환영의 입장에서는 에이전트를 배제하고 싶어지는 게 당연할 테지만 그것이 실현 가능할까? 가능하다면 어떤 거동이 될까?

유우키는 저도 모르게 생각했다.

그리고 무의식중에 로직이 성립되었다.

과연…….

유우키보다도 한발 앞서 환영은 에이전트에게 접촉했다.

스니커즈를 신은 두 발로 높이 뛰어 **그녀에게 드롭킥을 먹였다**.

전혀 예상하지 못한 일격에 에이전트는 날아가 쓰러졌다. 그 손에 수면제는 쥐고 있었지만 종이컵은 떨어뜨리고 말았다. 원형의 궤도를 그리며 종이컵은 굴러갔고 아스팔트에 줄줄 물을 쏟았다.

"유우, 키 씨……?"

에이전트는 고통이 섞인 목소리로 말했다.

"죄…… 죄송해요! 제가 아닙니다! 정말이에요!"

아마도 현실에서 벌어진 일로는 유우키가 찼을 것이다. 유우키는 스니커즈를 신지 않은 채 맨발로 나왔고, 두 다리는 한껏 지쳐 공격에 쓸 수 있는 상태가 아니기에 펀치 쪽이었을지도 모른다. 어쨌든 뭔가 한 것이다. 그게 아니라면 에이전트가 날아갈 리 없다.

조금 거리를 둔 에이전트에게 유우키는 손을 내밀었다. 그 의미가 순식간에 전달된 듯 그녀는 수면제를 던져 왔다.

캡슐 형태를 띤 수면제를 유우키가 바라본다. 캡슐은 삼키기를 워낙 힘들어하는 편이라 물 없이는 도저히 삼키지 못하는 유우키였으나 그런 체질이라고 고집을 부릴 상황이 아니었다. 지금이야말로 극복하고 성장할 때다. 유우키는 결심을 하고 그것을 삼키려고 했으나 그 손을 제지당했다.

유우키의 손목을 환영의 손이 붙잡고 있었다.

바로 뒤에 환영이 달라붙어 있었다, 손목을 잡힌 감촉과 목에 닿는 숨결이 느껴졌다. 손을 움직이지 못하니 입을 캡슐 쪽으로 갖다 대려고 했지만 거기서 입이 막혀버렸음을 깨닫는다. 환영의 다른 한쪽 손이 입을 막고 있다. 물론 실제로는 유우키가 입을 다물고 있을 뿐이겠지만 수면제를 삼키지 못하는 데는 변함이 없다.

유우키는 환영을 떼어내려고 몸을 비틀었다.

그러나 전혀 소용이 없었다. 환영의 힘은 유우키보다 훨씬 셌다. 손이나 입 같은 일부뿐 아니라, 몸 전체가 거의 움직이지 못하는 상태였다. 아스팔트에 몸을 부딪혀 기절한다는 긴급용 플랜도 몰래 검토 중이었던 유우키였는데 이 꼴로는 그것도 무리였다.

제기랄, 하고 강한 아쉬움이 치밀어 오른다.

조금 더, 조금만 더 하면 됐는데!

온갖 더러운 어휘를 유우키는 머리에 떠올리려 했다.

그러나 **그렇게 할 수 없었다**. 머리에서 급속도로 힘이 빠져나갔기 때문이다.

"……유우키 씨."

정신이 드니 에이전트가 곁에 있었다.

"주제넘지만…… **독단으로 처리했습니다**. 먹는 약 이외의 수단은 지금까지 보여드린 적이 없었지만, 유우키 씨께서는 그걸 원하셨을 것 같아서요……."

에이전트는 한 손을 들었다. 그 손은 수면제도 종이컵도 아닌 것을 들고 있었다.

"먹는 약뿐 아니라 **이런 것**도 들고 다닌답니다. 상황적으로는 이쪽이 더 나을 거라고 판단했습니다."

그녀의 손에는 **이미 내용물이 빈 주사기**가 있었다.

유능하다고 유우키는 힘껏 말하고 싶었지만 말할 수 없었다. 그래서 겨우 그것을 머리로 표현하려고 했다. 유우키가 잠의 세계에 빠지기 전까지 눈꼬리를 조금 부드러운 느낌으로 푸는 것이 최선이었다. 전달되었는지는 결국 알 수 없었다.

(4/44)

잠에 빠진 유우키를 에이전트는 자동차의 뒷좌석에 눕혔다.

그리고 자신은 운전석에 앉아 **유우키에게 맞은 가슴 언저리**를 만졌다. 아직 아프다. 상당히 세게 맞았다. 그러나 그녀의 말에 따르면 본인이 바랐던 행위는 아니었을 것이다. 모든 것은 그녀를 괴롭히는 환영 탓이다.

아까 전화했을 때 대략적인 사정은 유우키에게 들었다. 그에 따르면 유우키는 자신과 똑같은 생김새의 환영을 보고 있는 모양이었다. 그 환영이 유우키를 비난하고, 괴롭히고, 그녀를 탈취하려고 한다. 믿기 어려운 이야기였지만 유우키의 필사적인 표정과 그녀의 에이전트에 대한 맥락 없는 폭행을 고려했을 때, 그만큼의 사정이 없다면 앞뒤가 맞지 않는 것이다. 믿기 어렵지만 납득은 할 수 있었다. 살인 게임의 프로듀싱을 하는 조직의 직원으로서 일하는 자신의 처지와 비교하면 훨씬 리얼리티가 있다고 말할 수 있었다. 역시 〈로열 팰리스〉에서 벌어진 일이 그녀를 불안정하게 만든 것이다.

또한 에이전트는 사정뿐 아니라, 이번 작전에 관해서도 들었다. 작전의 제1단계로서 환영과 함께 유우키를 재운다. 그리고 제2단계……

에이전트는 휴대폰을 손에 쥐고 전화를 걸었다.

그 상대는 일단 번호는 등록했지만 에이전트가 처음 전화를 거는 인물. 이런 시간에 그것도 모르는 번호로 걸려 온 전화를 받아줄까, 그렇게 생각하며 에이전트는 휴대폰을 귀에 대고 착신음을 들었다.

"네. 여보세요."

고맙게도 그녀는 금방 받아 주었다.

상냥한 목소리의 여성이다. 수화기를 통해 목소리에 섞여 치링치링하는 방울 소리가 들렸다. 둘 다 그녀를 상징하는 것이다.

"밤늦게 죄송합니다, 링링 씨."

에이전트는 말했다.

"유우키의 에이전트입니다. 긴급한 용건으로 전화를 드리게 되었습니다."

링링. 두 눈이 멀어버린 은퇴한 플레이어로 유우키의 반향 정위 능력의 스승에 해당하는 인물이다. 약 반년 전 외딴섬을 무대로 한 모의 게임에서 유우키와 싸웠다.

"어머, 에이전트 씨. 무슨 일이죠?"

밤늦은 시간의 전화임에도 불쾌한 기색도 없이 링링은 말한다.

"그런 일이 자주 있나요? 반향 정위를 익히면 보이지 않는 것이…… 또 한 명의 자신이 보이게 되나요?"

"그럴 리가 없잖아요? 만약 그렇다면 미리 그녀에게 경고하겠죠."

"그렇죠……."

"하지만, 플레이어의 세계에서는 곧잘 듣는 이야기에요."

링링이 이어서 말했다.

"죽인 인간이 꿈속에서 책망해 온다든가, 길가에 트랩이 설치되어 있다는 망상에 사로잡혀 외출을 못 하게 된다든가…… 그런 이유로 우울증에 걸려 플레이어 일을 못 하게 된 아이는 종종 있어요. 그게 발전된 버전이라고 보면 되겠죠. 보아하니 여러 일이 있었던 것 같은데, 반향 정위의 힘과 손을 잡아 그렇게 되어 버린 걸까요?"

"……거기까지 알고 계시니, 어떤 용건인지도 이미 파악하셨을까요?"

에이전트는 그렇게 물었다.

사실 링링에게 부탁하고 싶은 것은 이미 결정되어 있었지만 구태여 물어봤다. 그녀라면 설명하지 않아도 의도를 파악해 줄 것이다. 그렇게 유우키가 말해줬기 때문이다.

"글쎄요……."

링링은 조금 생각에 잠기더니 말했다.

"그 환영은 그녀의 무의식 속의 로직에 따라 움직이고 있는 거죠?"

"그렇습니다."

"그렇다면 환영을 속박할 〈규칙〉이 필요하다고 생각할 터……. 일방적으로 당하고 있는 현재 상황에서 벗어나 똑같은 조건의 무대로 끌어내기 위한 규칙……. 플레이어에게 가장 강력한 규칙이라면 하나밖에 생각이 안 나네요. 목숨을 건 게임."

링링은 생각을 입 밖으로 내뱉으며 심도를 더해간다.

"그렇다면…… 그녀는 제게 **모의 게임의 개최**를 요청하는 걸까요? 환영의 자신과 게임을 치러서, 이를 통해 그녀를 격파한다. 그런 청사진을 그리고 있는 거겠죠. 그러니까 정확히는 저를 통해 조달꾼에게 의뢰한다는 걸까요……. 어떤가요, 맞췄나요?"

"……명답입니다."

에이전트가 말했다.

그것은 **유우키가 에이전트에게 전달한 내용과 완전히 똑같았다**. 의뢰 내용뿐 아니라 논리의 흐름도 완벽히 같았다. 에이전트는 대단하다고 생각했다. 분명, 플레이어 일을 오래 한 사람만이 아는 뭔가가 있는 것이리라. 이렇게까지 비범한 사태를 앞에 두고 곧바로 해결 플랜을 세운 유우키에게도, 이를 이심전심으로 이해하는 링링에게도 에이전트는 경외심을 품었다.

"승낙해 주시겠어요?"

에이전트가 물었다.

"……."

그러나 즉답은 없었다.

거절당하려나, 라고 에이전트가 생각했다. 반년 전의 모의 게임은 시력을 잃은 유우키의 처지에 공감해 준 덕에 승낙을 받았다. 이번 사정은 그녀와는 상관이 없다. 그렇다면 내가 알게 뭐야, 라는 반응이 오더라도 무리는 없나……. 냉정한 답이 올 거라고 에이전트는 각오했다.

"좋아요."

하지만 링링은 그렇게 말했다.

"……받아들여 주시는 건가요?"

"네. 협력할게요."

우후후, 라고 링링은 작게 웃은 뒤—.

"그러면…… 〈의식〉을 시작합시다. 그녀의 상상을 받아들이기에 충분한, 격조 높은 의식을 말이죠……."

그렇게 말한 링링은 더 크게 웃었다.

그 웃음소리가, 에이전트의 신경을 건드렸다.

"……감사합니다."

감사 인사를 하면서도 점점 불안감이 짙어져 간다.

반년 전 외딴섬에서의 싸움을 상기하며 에이전트는 생각했다.

유우키가 바라는 대로의 전개라고는 하지만 이 사람에게 부탁해도 정말 괜찮은 걸까?

(5/44)

모의 게임 회장으로 이동하는 도중.

유우키는 꿈을 꿨다.

(6/44)

평소의 게임에서는 그런 일이 별로 없었다. 그러나 평소와는 조금 다른 형태로 잠이 들어서인지 꿈을 꿨다. 그것은 전혀 몽환적인 이야기가 아니라 회상에 가까운 것이었다. 지금부터 2년 이상 전 〈캔들 우즈〉의 종반에 아이리와 둘이 게임 종료를 기다리고 있을 때였다.

그 게임은 기한을 일주일 후로 설정했다. 그러나 예의 돌발 사태로 인해 거의 대부분의 참가자가 탈락하거나 국면이 움직이지 않게 되어서 사흘째에 조기 종료라는 조치가 이뤄졌다. 그 사흘째가 되기까지 극소수의 생존자였던 유우키와 아이리 두 사람은 게임 현장 안에 있던 생활 설비가 갖춰진 방에서 대기하고 있었다.

"이 살인 게임은 언제부터 개최되고 있는 건가요?"

그 와중에 아이리는 유우키에게 그렇게 물어 왔다.

처음에는 유우키로부터 거리를 두고 있던 아이리였으나 하루, 이틀 함께 지내면서 얼마간 대화를 나누게 된 것이다.

"몰라."

유우키는 그렇게 대답했다. 당시의 유우키 특유의, 지금보다도 무신경한 말투였다.

"하지만 적어도 10년 이상 전부터 있었던 것 같아. 주변 플레이어가 말하는 바로는."

"단골 플레이어도 많이 있죠."

"있지. 아니, 있었다고 말해야 하나."

"이런 데서 몇 번이나 살아남다니, 믿을 수가 없어요."

"**이런 건** 거의 없어."

〈캔들 우즈〉의 참상을 떠올리며 유우키가 대답했다.

"뭐, 그래도 믿지 못하는 녀석들은 있겠지."

"……뭐가 재미있어서, 이런 걸?"

여기까지 깊이 있는 질문을 실제로 들었는지는 기억이 분명치 않다. 꿈속이기에 유우키의 창작일지도 모른다.

"개인 취향이지."

"유우키 씨는 어쩌다가?"

"재미 같은 건 없어."

주저 없이 말이 나왔다.

"그래서 여기에 있지."

"……?"

아이리는 의아한 표정을 지었다. 그러나 유우키는 그 이상의 설명을 하지 않았다. 들려줄 만한 이야기가 아니기 때문이다.

행복을 느끼는 데 서툴렀다. 어떤 일에서도 보람을 느끼지 못하고 흘러 흘러 이곳에 도달했다. 살인 게임의 세계, 이것도 딱히 처음부터 운명을 느꼈던 것은 아니다. 그저 다른 것과 비교해서 어느 정도 잘 맞았을 뿐이다.

그로부터 긴 시간이 흘렀다.

최근에 겨우 소중함을 느끼기 시작했는데…….

그러나 지금 또다시 유우키는 고통받고 있다. 왜 이렇게 되었지? 어째서 나는 편해지지 못할까? 이 세상의 어디에도 내가 바라는 낙원은 없는 걸까?

유우키는 꿈속에서 방의 천장에 손을 뻗었다.

그러나 그 천장이 왜곡되었다. 뻗고 있는 손 쪽도 왜곡됐다. 뇌를 누군가가 휘젓고 있는 듯 의식이 휘청거리기 시작했다. 현실과 비현실의 경계가 모호해지고 붕 떠 있는 듯한, 가라앉아 있는 듯한 기분을 온몸으로 느꼈다. 그리고—.

정신이 들고 보니 하얀 방에서 유우키는 눈을 뜬 상태였다.

(7/44)

하얀 방, 이었다.

살풍경, 무기질, 그런 말이 잘 어울리는 하얀 방이었다. 도색이 안 된 콘크리트 같은 흰색이 아니라 골라서 칠해진 흰색. 그것이 전면을 지배하고 있는 방 안에서 유우키는 눈을 떴다.

"추워……."

눈을 뜨자마자 한기를 느꼈다.

원인은 금방 알아챘다. 유우키는 **옷을 입고 있지 않았다**.

아니, 정확히 말하면 티셔츠는 입고 있었지만 그 위에 걸치고 있었던 운동복이 없다. 머리를 만지니 머리핀도 없었다. 스니커즈는 원래 신고 있지 않았지만 유우키가 항상 몸에 두르는 3종 세트가, 전부 없었다.

"이야, 눈을 떴나?"

그 말에 유우키는 그 목소리가 들린 쪽을 봤다.

자신의 환영이 있었다. 벽에 기대어 서 있다.

"……!!"

유우키는 셔츠 한 장으로 경계 태세를 취했으나—.

"진정해."

환영은 그런 유우키를 비웃었다.

"경계하지 마. 네가 걱정하는 일은 일어나지 않을 거야."
환영은 말한다. 그녀의 옷차림은 유우키와 똑같이 티셔츠 한 장이었다.
그녀의 출현을 계기로 유우키는 떠올렸다. 그렇다, 환영의 발을 묶어놓기 위해 자신은 잠들었던 것이다. 에이전트를 통해 링링에게 연락을 취해서 모의 게임을 개최할 준비를 부탁했다.
그리고 지금, 여기에 있다.
유우키는 다시 주위를 봤다.
하얀 방이다. 정방형의 구조로 넓이는 유우키의 3평짜리 집보다 한 치수 큰 정도다. 높은 천장에 달린 조명이 온 방 안을 더욱 하얗게 비추고 있었다.
살풍경하고 무기질인 인상이었지만 아무것도 없지는 않았다. 가장 먼저 눈에 들어온 것은 벽 한쪽에 적힌 두 개의 영어 단어였다.

—〈SNOW ROOM〉.

〈스노우 룸〉 게임 이름일 것이다. 새하얀 벽에 새까맣고 큰 글씨로 적혀 있어 굉장히 튀어 보였다.
"규칙을 확인해 봐."
환영은 말하며 턱을 치켜올렸다.
그 턱이 가리킨 끝, 〈SNOW ROOM〉의 바로 아래에는 규칙 설명이 적혀 있었다. 문장이 아니라 도안이다. 도로 표지판과 시설 안내에 쓰이는 것 같은 픽토그램이 세 개 나열되어 있었다.

첫 번째는 최대한 간략화되어 그려진 막대기 인간들이 물건을 찾는 도안이었다. 그 공간에는 유우키와 환영 두 사람이 있었는데 도안에도 그에 맞춰 두 사람이 있었다. 두 번째는 한쪽 막대기 인간이 보물 상자 안에서 옷, 아마도 운동복을 발견한 도안. 그리고 세 번째는 그것을 입은 인물이 문을 통과해 건물에서 나가는 도안이었다. 다른 한쪽 인물은 그 모습을 탐난다는 듯 바라보고 있다.

"뭐, 요컨대, 탈출형 게임이네."

환영은 보충 설명을 해 주었다.

"이 건물 안에 운동복을 포함해 너의 옷 한 세트가 숨겨져 있어. 그걸 상대보다 빨리 찾아 건물에서 탈출하면 게임 클리어인 거야."

환영은 다시 턱을 치켜올렸다. 그것이 가리킨 쪽으로 유우키는 시선을 향했다.

그곳에는 문이 있었다. 양쪽으로 열리는 커다란 문이었다. 꼭 닫혀 있는데 손잡이나 도어 레버, 열쇠 구멍 같은 건 보이지 않았다. 이쪽에서는 열 수 없는 구조인 것 같았다.

문 좌우에는 하나씩 위압감을 주는 모양새의 총기가 설치되어 있었다. 페널티용 장치일 것이다. 첫 게임 〈메이든 레이스〉

때에도 본 기억이 있다. 부정하게 문을 지나려는 플레이어를 벌주기 위한 것이다. 천수각에 설치된 호랑이와 물고기를 섞어 놓은 샤치호코나 오키나와 민가에 설치된 사자와 개를 섞어 놓은 시사 같은 상징적인 동물 형상에 필적할 정도로, 중요한 문과 끊으려야 끊을 수 없는 관계였다. 문 부근의 바닥에는 사선이 그어진 영역이 있었다. 〈운동복을 입지 않고 들어가면 쏴 죽이겠다〉라는 것이리라.

그 정성 어린 준비성 덕분에 저곳이 〈출구〉라는 사실을 파악할 수 있었다.

그러나 **그래서 어떻다는 걸까**? 게임이 시작되었다. 그건 좋다. 하지만 그렇다고 해서 환영이 얌전해질 이유는 없을 터였다. 녀석의 목적은 유우키의 정신을 탈취하는 것. 유우키가 눈을 뜨고 다시 활동할 수 있게 되었음에도 공격을 재개하지 않는 것은 어째서일까?

유우키는 다시 한번 환영을 쳐다봤다.

벽에 기대고 서 있다. 〈SNOW ROOM〉이라고 적힌 쪽과는 또 다른 벽이었다. 같은 자세로 미동도 하지 않는다.

그 모습을 보고 직감이 작동한 유우키는 말을 걸었다.

"저기 말이야."

"뭐."

"잠깐 옆으로 비켜 줄래?"

환영의 표정이 잠깐 굳었다.

"왜?"

"뭐든 간에. 비켜."

환영은 더 난감한 표정을 짓고 그에 따랐다.

그러자 그 뒤의 벽에도 픽토그램이 그려져 있었다.

두 개인데 양쪽 도안 위에 사선이 크게 그어져 있었다. 〈금지 사항〉이라는 것이리라. 첫 번째는 운동복을 찢거나 태워서 파손하는 것은 금지.

그리고 두 번째는 **폭력 행위 금지**.

"……."

유우키는 훗, 하고 웃었다.

그래서 환영은 손을 대지 않는 것이다. 자신의 환영과 게임에 참가해 행동을 〈규칙〉으로 구속한다. 그 전략은 잘 맞아떨어진 것 같았다. 감사한 일이다.

"쓸데없이 머리를 굴려서는……."

환영은 그렇게 불평하듯이 말했다.

"이렇게나 어마어마한 무대를 준비하느라 고생했네. 이렇게까지 나에게서 도망치고 싶은 거야?"

"그렇지."

"상처받았어. 이렇게까지 매몰차게 거부하시다니……."

"**상처받아**?"

유우키는 말꼬리를 잡았다.

그렇게 하는 데 의미가 있다고 생각했기 때문이다. 이 환영은 자신의 무의식을 기반으로 움직이고 있다. 그렇다면 말꼬리를 잡는 등의 행동으로 정신적으로 우위에 서면 그 힘을 깎아내릴 수 있을 터였다.

"그건 기쁘네. 처음으로 네게 데미지를 준 셈이니. 앞으로도 이 방침으로 가야겠어."

환영은 답하지 않고 그저 혀를 찼다.

"어서 시작하자고, 본체 양반."

환영이 그렇게 말하자—.

"그렇네, 그렇게 하자."

유우키가 응수했다.

이 방에 있는 문은 예의 출구 하나뿐이 아니었다. 다른 세 면에도 하나씩 문이 달려 있다. 학교 교실에 있는 것 같은 슬라이드식 문이다. 다른 방으로 이어진 것이리라. 이 건물이 얼마나 넓은지, 운동복을 찾는 데 얼마나 고생해야 할지 지금 단계에서는 아직 알 수 없었다.

그 문 중 하나를 향해 환영은 걷기 시작했다.

그러자 **척**하고 발소리가 울렸다.

환영이 발소리를 냈다는 사실에 유우키는 놀랐다. 진짜 발소리는 아닐 것이다. 환영은 실재하지 않거니와 실재한다고 해도 맨발이다. 척, 하는 소리가 날 이유는 없다. 울리는 게 아니라 **내는 것**이다. 어딘가에 음향이 사용되고 있었다.

척, 척, 하는 소리가 이어진다. 환영이 걸어갔고 곧이어 문

앞에 도착했다. 손잡이를 쥐고 밀어서 여는 형태의 문이었다. 물론 환영은 손잡이를 잡을 수 없다. 열 수 없을 터인데…….

그러나 놀랍게도 문은 **자동으로 열렸다**.

……그런 것 같았다. 유우키가 연 것은 아닐 터였다. 에이전트를 공격했을 때처럼 유우키가 대행했을 가능성도 있지만 아마도 아니었다. 슬슬 자기 감각에 자신이 없어졌지만 유우키가 선 위치에서 문까지는 상당한 거리가 있었기에 당연히 무리일 것이다. 발소리 음향과 똑같이 어딘가에서 누군가가 조작해서 연 것이다.

어쨌든 열린 문을 통해 환영은 나갔다. 방에 홀로 남은 유우키는 두리번거렸다.

천장 구석에서 작은 감시 카메라를 발견했다.

(8/44)

같은 시각, 다른 방.

에이전트는 버튼에서 손을 떼었다.

(9/44)

……드디어 시작된 건가.

유우키의 에이전트는 그렇게 생각하며 태블릿 위의 문 개폐용 버튼에서 손을 떼었다.

그리고 시야를 넓게 확보했다.

게임 무대인 하얀 방과는 다른 의미로 살풍경한 방이었다. 벽도 바닥도 노출 콘크리트이고 천장에는 먼지 같은 방화 피복재로 뒤덮인 철골이 보인다. 있는 거라고는 파이프 의자와 책상이 몇 개씩, 게임 상황을 감시하기 위한 모니터와 뭔가 정체를 알 수 없는 잡다한 기계류와 그 모든 것들에 전기와 통신 경로를 공급하는 코드류 정도. 유우키의 에이전트와 링링과 조달꾼 세 명 이외에는 누구의 모습도 없었다.

게임 진행을 관리하기 위한 별실이다. 유우키 일행이 있는 하얀 방과는 다른 건물에 있다.

"잘 진행되었나요?"

그렇게 링링이 물어 왔다.

"네, 그럭저럭."

에이전트는 모니터 하나에 시선을 향했다.

거기에는 하얀 방, 게임 스타트 지점인 방이 비치고 있었다. 문이 하나 열려있다. 유우키가 두리번거리고 있고 마침 카메라를 발견한 듯 이쪽을 향하고 있었다.

그 얼굴에 위화감을 느끼는 기색은 없었다.

잘 연출되었나보다, 라고 생각한 에이전트는 일단 안심했다. 유우키가 환영과 나눈 대화가 일단락지어진 모양이기에 발소리 음향을 내고 원격 조작으로 문을 열어 마치 환영이 나간 것처럼 보인 것이다.

"자…… 그럼, **다른 한 사람** 쪽도 스타트 시킬까요?"

그렇게 말한 링링은 마이크 스위치를 눌렀다.

하얀 방에 목소리를 보내기 위한 것이었는데 그 대상은 **유우키가 아니었다**.

에이전트는 다른 모니터로 시선을 옮겼다. 그쪽에도 하얀 방이 비치고 있었다. 유우키가 눈을 뜬 방과 거의 같은 구조다.

단, 그곳에는 **유우키가 아닌 플레이어**가 비치고 있다.

그렇다, 이것이야말로 이 게임의 최대 특징이었다. 환영의 행동을 관리하기 위해 에이전트들은 **같은 게임 무대를 똑같이 그대로 또 하나 마련했다**. 이 방의 바로 아래, 건물의 1층 부분에 위치하는 그 무대에 또 한 사람의 플레이어를 배치해서 그녀에게 게임을 진행하도록 한다. 그리고 두 무대의 진행 상황을 서로 간에 링크시켜 **마치 환영이 실재하는 것처럼 연출한다**. 그것이 환영과 일대일로 승부를 겨루기 위한 게임, 〈스노우 룸〉의 무대 뒤였다.

즉, 실제로는 유우키와 환영의 대역인 협조자의 대결인 것이다.

그 협조자 쪽에 링링은 말을 건다.

"대전 상대가 스타트했어. 너도 게임을 시작해 줘."

"알겠습니다."

협조자의 대답이 모니터에 내장된 스피커를 통해 들려왔다.

"말할 필요도 없겠지만, 진심으로 해줘. 갖고 있는 모든 힘을 써서 게임을 진행하는 거야. 조금이라도 대충하는 기색이 보이면 너를 죽일 거야. 괜찮지?"

아니, 괜찮을 리가 없잖아, 에이전트는 그렇게 생각했다.

호의로 협력해 준 사람에게 말투가 왜 저럴까, 에이전트는 따지고 싶었지만 그래도 협조자는 「물론입니다」라고 태연하게 대답했다. 전력을 다할 생각인 걸까, 아니면 살해당해도 좋다고 생각하는 걸까.

"그리고…… 방을 나설 때는 네 쪽에서 정면에 있는 문으로 나가 줄래? 그게 아니면 앞뒤가 안 맞아서."

"앞뒤? 무슨 뜻이죠?"

"쓸데없이 캐묻지 말고, 시키는 대로 해."

"……알겠습니다."

협조자에게는 내부 사정을 전달하지 않았다.

탈출형 연습용 게임을 제작했기에 테스트 플레이를 해줬으면 한다. 그런 설명밖에 안 했다. 그래서 정확히는 협조자가 플레이하고 있는 쪽의 〈스노우 룸〉은 정말로 목숨을 빼앗길 일이 없는 이미테이션 게임이다. 동시에 다른 공간에서 플레이하고 있는 사람이 있고, 서로 진행 상황이 링크된다— 그 사실은 전달했지만 그 대전 상대가 유우키이고, 게다가 그쪽은 진짜배기 살인 게임인 것은 조금도 모른다. 유우키가 보고 있는 환영의 대역을 맡고 있다는 부분에 대해서도 마찬가지이다.

그렇지만 협조자도 뭔가 감을 잡았을 것이다. 연습용 게임인 것 치고는 지나치게 공을 들였고, 에이전트 등 관계자의 태도가 매우 진지하고, 무엇보다 **사람이 사람**이었기 때문이다.

(10/44)

환영이 지나간 것과는 다른 문을 열고 유우키는 방을 나섰다.

그 직후 등 뒤에서 문이 닫혔다. 병원이나 목욕탕에 곧잘 있는 것 같은 저절로 닫히는 유형의 문이다. 자동으로 열릴 뿐 아니라 자동으로 닫히는 설계 같았다. 그렇게 생각하며 유우키는 주변을 둘러봤다.

문을 통해 들어온 곳도 하얀 방이었다. 아까 방과 같은 정도의 넓이로 아무것도 없다. 〈SNOW ROOM〉의 기술과 규칙 설명조차 없고 천장 구석에 감시 카메라가 하나, 4면의 벽에 문이 하나씩 달려 있을 뿐이다. 그 문 중 정면에 있었던 것을 골라 열고 옆 방으로 발을 내디뎠다.

이번에도 비슷한 하얀 방이었다.

보아하니 이 건물은 비슷한 구조의 방이 대량으로 있는 것 같았다. 방 세 개 정도를 유우키는 직진해 봤지만 모든 방에는 문과 카메라밖에 없었다. 운동복을 찾기는커녕 운동복을 숨겨뒀을 법한 물건조차 눈에 띄지 않는다.

어떻게 된 일이지, 라고 생각하며 4번째 방에 들어가니 정면에서 문이 사라졌다. 건물 끄트머리에 도달한 것이리라. 문이 없으므로 직진할 수는 없어서 유우키는 왼쪽으로 꺾어 들어갔다. 그리고 또 직진한다. 그렇게 하다 보면 언젠가 건물 모퉁이에 위치하는 방에 도달할 것 같았기 때문이다. 문이 세 개밖에 없는 모퉁이 방부터 다른 모퉁이 방으로 유우키는 이동했다.

그렇게 하던 와중—.

“앗.”

유우키는 자기도 모르게 소리를 질렀다.

눈앞에 **환영이 나타났기** 때문이다.

갑자기 나타난 것이 아니다. 유우키가 방에 들어간 직후, 정면 문을 통해 같은 방에 들어왔다. 유우키와 마찬가지로 방에서 방으로 이동하고 있었던 것 같다.

「여어」라고 환영은 말을 걸었다.

“어때, 뭔가 진전은 있었나?”

“아직 아무것도. 그쪽은?

“뭐…… 너와 비슷하지 않을까.”

솔직히 진전이 0이라고 말하면 될 걸 환영은 의미심장한 대답을 하고 유우키의 옆을 지나쳤다.

그 등을 눈으로 좇는다. 환영이 발소리 음향을 울리면서 걸어간 뒤, 문이 열리고 방을 나서고 자동으로 문이 닫히는 것까지 지켜봤다.

여전히 저절로 문이 열리고 있고 발소리도 울린다. 실제로 바깥에서 조종하고 있는 것이겠지만 이것은 대체 어떤 법칙으로 관리되고 있는 걸까? 적당히 조작하고 있을 뿐일까? 아니면 누군가 어디선가에서 정말로 문을 열거나 걸어 다니는 것일까?

아마도 후자일까, 라고 유우키는 생각했다. 이 건물과 같은 구조의 공간이, 물리적인지 전자적인지는 알 수 없지만 또 하나 존재하고 그곳을 돌아다니는 플레이어가 있을 것이다. 그 움직임은 발소리와 문의 여닫음이라는 형태로 이쪽에 반영되고, 그 정보에 환영이라는 형태로 유우키의 마음이 **살을 붙이고** 있는 것이다.

즉, 대전 상대가 있을 터였다. 〈스노우 룸〉은 결코 유우키의 1인 플레이가 아니라 환영과의 대결이라는 구도인 것이다.

실제 대전 상대는 대체 누구일까?

그렇게 사고가 옆으로 새려는 것을 유우키는 수정했다. 아니다. 그건 지금 중요하지 않다. 바로 지금 중요한 것은 이 게임이 대전형이기도 하다는 점이다. 그렇다면 느긋하게 플레이해서는 안 된다. 환영보다도 먼저 운동복을 입고, 이쪽이야말로 존재해야 할 자기 자신임을 증명해야 한다.

"……이렇게 말은 해도."

방 한가운데에 서서 유우키는 중얼거렸다.

그 중얼거림은 하얀 방의 벽과 바닥에 흡수되어 사라져갔다.

모퉁이 방으로 여겨지는 방이었다. 문이 두 개밖에 없다. 지금까지의 방과 마찬가지로…… 아니, 문이 두 개밖에 없으므로 지금까지 이상으로 아무것도 없다고 말할 수 있는 방이다.

이런 환경에서 운동복을 찾으려고 한들 어디서 찾아야 하는 것인지. 〈찾는다〉라는 행위조차 못 하는 채로 그저 돌아다닐 뿐인 현재 상황, 유우키는 진정한 의미로는 아직 게임을 시작하지 못했다고 느꼈다. 진척이 없는 점에서 오는 허무함과 초조함이 가슴 속에 응어리졌다.

그러한 감정을 한숨이라는 형태로 발산한 유우키는 모퉁이 방을 나서려 발을 움직였다.

그러나 그야말로 그 다음 첫걸음째에—.

발바닥에서 푹, 하고 개똥이라도 밟은 듯한 촉감을 느꼈다.

(11/44)

유우키는 반사적으로 튀어 올랐다.

바닥을 본다. 유우키의 눈과 코끝에 있던 바닥, 바로 직전에 유우키가 발바닥을 대고 있던 영역이 **움푹 꺼져 있었다**.

스위치다. 이것이 〈게임〉이라는 것을 온몸으로 떠올렸다. 단숨에 유우키의 스위치도 켜졌고 임전 태세가 되어 눈에 불을 켜고 주위를 관찰했다. 독침인가 원형 톱인가 하고 트랩의 공격을 예상하였지만 상황은 비스듬히 위쪽에서 움직였다. 상황이라고 할까, **벽이 움직였다**. 방을 둘러싼 반들반들한 하얀 벽면, 그 일부가 미끄러지며 안에서 금고 같은 것이 나타났다.

유우키는 경계는 여전히 풀지 않은 채로 금고에 다가갔다. 다가가도 어쩐지 금고 같다는 견해에는 변함이 없었다. 그 문에는 뭔가 문장이 적혀 있었다.

Q2. 자유의 여신상의 정식 명칭을 다음 중에서 고르시오.
A. 세계를 비추는 자유 (Liberty Enlightening the World)
B. 성 아프로디테상 (The Statue of Saint Aphrodite)
C. 민중을 이끄는 자유의 여신 (Liberty Leading the People)
D. 추방자들의 어머니 (Mother of Exiles)
오답 페널티: 당신의 몸에 전류가 흐를 것이다.

소소한 문제다.

문제 옆에는 〈A〉부터 〈D〉까지 금속제 버튼이 4개 달려 있었다. 바르게 답하면 금고가 열리고 틀리면 〈오답 페널티〉인 버튼에서 전류가 흐른다, 그렇게 해석하는 것이 자연스럽다.

「……과연 그렇군」이라고 유우키는 중얼거렸다.

이 건물에는 아마도 이런 것이 많이 있는 것이다. 언뜻 보기에는 아무것도 없는 바닥과 벽 뒤에 스위치나 문제가 숨어 있다. 이를 겉으로 끄집어내서 운동복의 위치를 추적하도록 설계된 게임인 것이다.

유우키는 문제를 바라봤다. 사지선다형 문제. 오답 페널티는 전류. 적당히 대답해도 4분의 1로 정답이 될 것이고 페널티의 정도를 확인해 두고 싶기도 했다. 유우키는 대충 감으로 〈C〉 버튼을 눌렀고…….

—그 직후 유우키의 몸에 격통이 일었다.

"악……!"

유우키는 버튼에서 손을 떼었다.

그리고 바닥 위를 구르며 몸부림쳤다. 아프다. 손가락뿐 아니라 온몸이 아프다. 버튼으로부터 손가락을 따라 바닥까지 전류가 통하고 있었던 것이다. 아직 이어지는 통증 안에서 유우키는 그렇게 이해했다. 감전되었던 경험은 직업상 몇 번이나 있었지만 그중에서도 이건 1, 2위를 다투는 수준이다. 이건 분명히 게임 맨 첫 부분의, 아무리 생각해도 맛보기 같은 문제의 페널티로 설정된 전류가 아니다.

통증이 가신 무렵 유우키는 떠올렸다.

이 게임의 설계자가 **바로 그** 링링이라는 사실을…….

(12/44)

"눈치챘나보네."

별실에서 링링이 말했다.

첫 문제를 발견한 유우키에게 하는 말이었다. 눈이 보이지 않는 링링이었지만 모니터에서 들려 오는 유우키의 중얼거림, 그밖에 감전당해 신음하는 목소리를 듣고 파악한 듯했다.

"그런 것 같네요."

에이전트는 대답했다.

"드디어 깨달아 줬다, 라고 말하는 편이 정확할까?"

"……그럴지도 모르죠."

에이전트는 협조자가 비치고 있는 모니터를 봤다.

현재 그녀는 **세 개째의 문제**에 도전하는 중이었다. 스위치를 발견하는 것도 문제를 푸는 것도 무시무시할 정도로 빠르다. 과연 보통이 아니로군, 그렇게 에이전트가 감탄하는 와중에 세 번째 문제도 풀려 버렸다.

금고 문을 열면서 「쉽네요」라고 협조자가 말했다.

"초반이라고 해도 너무 쉬운 것 아닌가요? 조금 더 문제 난이도를 올리거나, 또는 오답 페널티의 강도를 올려야 하지 않아요? 이래서는 너무 시시한데."

"너무 편하게 말 걸지 마."

링링이 대답했다.

"진짜 게임이라고 생각하고 임하도록 해. 연락하는 건 필요할 때만 하라고."

"어, 하지만 ……감상 피드백은 필요하지 않나요? 그걸 위한 테스트 플레이잖아요?"

그 말에 링링은 조금 당황한 듯했다.

분명, 그런 핑계로 협조자를 부른 것이다. 이쪽에 자주 연락해 오는 것은 자연스러운 행동이다.

링링은 급하게 얼버무렸다.

"나중에 한꺼번에 들을게. 하나하나 감상을 말해주지 않아도 돼. 알았어?"

"알겠습니다."

그나저나 에이전트는 링링이 지나칠 정도로 신랄하다고 생각했다. 이 협조자를 별로 좋아하지 않는 게 아닐까?

(13/44)

전류형에서 복귀하고 유우키는 다시 문제와 마주했다.

Q2. 자유의 여신상의 정식 명칭을 다음 중에서 고르시오.

A. 세계를 비추는 자유 (Liberty Enlightening the World)

B. 성 아프로디테상 (The Statue of Saint Aphrodite)

C. 민중을 이끄는 자유의 여신 (Liberty Leading the People)

D. 추방자들의 어머니 (Mother of Exiles)

오답 페널티: 당신의 몸에 전류가 흐를 것이다.

통증을 대가로 〈C〉가 꽝인 것은 알았다. 4개가 아니라 3개 중 선택하면 되었는데 이번에도 어림짐작으로 시도해 볼 기분은 들지 않았다. 진지하게 고민한다. 자유의 여신상의 정식 명칭…… 유우키는 그것을 몰랐으나 선택지의 구성에서 대답을 특정할 수 있을 것 같았다. 그렇게 생각하자 성격이 다른 〈B〉와 〈D〉는 아마도 오답이다. 어휘가 비슷한 〈A〉나 〈C〉 중에서 헷갈릴 것으로 상정한 퀴즈일 것이다. 그리고 〈C〉는 오답이었기에 정답은 〈A〉다.

유우키는 〈A〉 버튼을 눌렀다. 혹시 몰라 셔츠를 사이에 끼웠으나 반응은 없었다. 스마트폰의 터치패널처럼 손가락이 닿지 않으면 반응하지 않는 형식인 듯했다. 꼼꼼히도 만들었군, 유우키는 그렇게 짜증을 느끼며 손가락으로 직접 버튼을 눌렀다. 다시 전류가 흐르는 일 없이 금고가 열렸다.

안에는 메모가 한 장 들어있을 뿐이었다. 주워들어 읽어 봤다.

힌트2
이 건물에는 전부 25개의 방이 있다.
종횡 각각에 정방형의 방이 5개씩 나란히 있다.

그다지 중요한 힌트는 아닌 것 같았다. 5 곱하기 5로 25개실, 대체로 그 정도의 넓이일 것이다. 지금까지의 탐색으로 이미 파악은 되어 있었다. 난이도가 높은 문제가 아니었기에 보상도 그에 걸맞은 것인지도 모른다.

유용한 것은 아니었지만 환영에게 보이고 싶지는 않았기에 메모를 회수했다. 지금 유우키는 셔츠 한 장만 걸친 상태라서 메모를 넣을 주머니도 뭐도 없었다. 유우키는 그것을 가늘게 접어 운세를 점친 종이처럼 머리카락에 묶어 놓았다.

그리고 문을 열고 옆 방으로 옮겨 갔는데—.

"……으억……."

유우키는 목소리를 내며 놀랐다.

옆 방에서는 **이미 문제가 드러나 있었기** 때문이다.

아까 모퉁이 방과 마찬가지로 벽 일부가 열려있고 안에는 금고가 있었다. 문제도 이미 풀린 상태인 듯 금고 문은 열려있었다. 환영이 한 짓이리라. 녀석도 이 게임의 구조를 눈치챈 것 같았다.

유우키는 금고에 다가가 안을 들여다본다.

안은 비어 있었다. 환영이 회수했다, 라는 것일까. 실제로는 어떻게 된 것일까? 그렇게 생각하며 금고를 더 자세히 관찰하자, 바닥에 달린 뚜껑을 발견했다. 여기로 내용물을 떨어뜨린 것이다. 문을 여닫는 것이나 발소리뿐 아니라 금고의 개폐나 아이템 회수도 표현되는 것 같았다. 게임 시스템을 또 하나 이해하며 유우키는 방을 뒤로했다.

그때 금고의 문제가 눈에 들어왔다.

문제를 제대로 읽지는 않았지만, 앞머리에 적힌 문제 번호

〈Q6〉이라는 부분은 확인했다.

(14/44)

유우키가 옆 방으로 이동하자 그곳에 문제는 없었다. 하얀 바닥과 벽과 천장이 있을 뿐이다.

그 방 안을 유우키는 이리저리 돌아다녔다. 여기 스위치가 감춰져 있을지도 모르기에 그것을 찾으면서 생각하기 위해서였다.

어쨌든 찾고는 있지만 과연 이 방에도 스위치와 금고가 있다고 봐도 좋을까? 이 건물에는 전부 25개의 방이 있다고 하는데, 그 전부에 문제가 감춰져 있을까? 그렇다면 합해서 25개의 방 ―아니 잠깐― 방 하나에 하나라고는 단정 지을 수 없다. 두 개 세 개가 감춰져 있을 수도 있다. 어쨌든 그 수많은 금고 중 어딘가에 목적인 운동복이 들어 있다는 것일까?

"아니…… 그렇게 단순한 게임은 아닐텐데……."

그렇게 유우키는 소리 내서 말했다.

다른 건 모르겠지만 그것만은 분명히 말할 수 있었다. 만약 그렇다고 한다면 이 게임의 명운을 나누는 것은 어느 쪽이 먼저 정답 금고에 도달하는가 여부, 즉 단순한 요행을 바라는 게임이 되고 만다. 탈출형의 이론에 비춰 봐도 이것은 어디까지나 〈제1 스테이지〉로 보는 것이 타당할 것이다.

그런 생각을 하던 와중에 어슬렁거리던 유우키의 발이 스위치를 밟았다.

벽 일부가 미끄러지더니 금고가 나타났다. 그곳에 적혀 있는 문제의 번호는—.

"……17번인가."

유우키는 소리 내서 확인했다.

처음 발견한 문제는 2번이었다. 그 옆 방이 6번. 또 그 옆에 있는 것이 17번. 조금 생각해 봤지만 번호 배치에서 규칙성은 눈에 띄지 않았다. 완전히 무작위로 배분된 것 같았다.

유우키는 문제에 도전했다. 일본어 글자, 즉 히라가나와 가타카나의 50음도를 이용하는 문제를 풀어 금고를 열자 나온 것은 사인펜 한 자루뿐이었다. 메모뿐 아니라 이런 아이템도 있는 모양이었다. 역시나 셔츠 한 장만 입은 유우키에게는 그걸 넣을 자리가 없었기에, 경마 결과를 예상하는 사람처럼 귀 위에 꽂아 두었다.

그리고서도 유우키는 방안을 돌며 문제를 찾았다.

어쨌든 지금은 닥치는 대로 문제를 풀어갈 수밖에 없다고 생각한 것이다. 다른 방의 바닥에도 스위치가 감춰져 있고 그걸 밟으면 금고가 나왔다. 문제 종류도 난이도도 경우에 따라 달랐으나, 전부 유우키의 두뇌로 풀 수 있는 수준이었기에 한 번의 오답도 없이 세 개 정도 금고를 열고 내용물을 회수할 수 있었다. 첫 번째는 첫 문제에서 입수한 것과 같은 힌트 메모. 〈

힌트5 운동복을 입지 않고 건물을 나서려고 한 플레이어는 사살된다.〉라고 적혀 있었다. 스타트 지점의 총기를 보면 당연히 알 수 있는 점이었기에 중요한 힌트라고는 할 수 없었다. 두 번째는 손바닥 크기의 수첩. 문제를 풀 때마다 적어두기 위한 것이리라. 세 번째는 모스 부호의 암호표였다. 이걸 참조해야만 풀 수 있는 문제가 어딘가에 있는 것 같았다.

이들 문제가 있었던 방을 더 탐색하여 두 개째, 세 개째 스위치를 찾아보려고도 했지만 발견되지 않았다. 역시 문제는 방 하나에 하나씩인 건가, 라는 추측에 무게를 더하며 유우키는 새로운 방으로 옮겨가 또 스위치를 찾는다.

"……그나저나."

거기서 발견한 네 번째 문제를 풀며 유우키는 중얼거렸다.

나 같은 사람이 **수수께끼를 풀고** 있다니, 그런 생각이 든 것이다.

똑똑해졌네. 옛날에 비해서…….

(15/44)

"너, 왜 여기 다니는 거야?"

과거 그런 질문을 받은 적이 있었다.

질문자는 히토미. 유우키와 같은 야간학교에 다니는 동급생이자 은퇴한 플레이어다.

장소는 그 야간학교. 이동 수업하러 간 교실에서였거나, 또는 학급회 전이었거나 어떤 사정으로 주위에 아무도 없는 상황이었던 걸로 기억한다. 그러므로 일반인에게는 들켜서는 안 되는 이런 대화가 가능했던 것이다.

「어?」라고 유우키는 반문했다.

"왜 학교에 다니냐고?"

특유의 퉁명스러운 말투로 히토미가 말한다.

"플레이어를 계속할 거잖아? 너 나처럼 손을 씻을 것도 아닌데…… 학교에 다닐 필요가 있어?"

아아, 그런 거로구나, 라고 생각한 유우키가 대답했다.

"있지. 플레이어를 계속하려고 해도 최소한의 지식은 필요하잖아."

다니기 시작한 지 벌써 2년 가까이 된다. 이유는 그야말로 유우키가 지금 말한 대로다. 공부한 것이 직접 게임에 활용되고 있는 것은 아닐지도 모르지만 옛날보다도 머리를 써서 싸운다는 느낌이 들었다.

"그런 건가……. 고등학교, 안 갔어? 아니면 관뒀어?"

히토미는 그렇게 계속 물어왔다. 유우키가 학기 도중에 전학을 왔기 때문에 스트레이트로 진학한 것이 아님을 히토미는 알고 있었다.

"안 갔어. 부모님이 방임주의라고 해야 하나, 그다지 나에게 관심이 없는 사람이라서……. 의무 교육만 끝내고 나머지는 알아서 하라는 느낌이었거든. 그래서 중학교를 나오고 나서는 적당히 빈둥거렸지."

"흐음……. 나랑 똑같네."

공감을 나타내는 듯한 뉘앙스가 살짝 담긴 어조로 히토미는 말했다.

유우키도 그에 맞춰 조금은 표정을 풀었다.

대충 살아오다가 어쩌다 보니 플레이어가 되었다.

그것이 유우키의 과거를 설명하는 전부다.

아무런 배경도 없다. 아무런 드라마도 없다. 당시 유우키의 인격에서 그런 것은 생기지 못했다. 핏줄 때문인지도 몰랐다. 부모의 냉소적인 기질을 유우키는 진하게 물려받았다. 플레이어를 시작하고 나서는 완전히 소원하게 지냈지만 그쪽에서 움직임이 있다는 말은 듣지 못했고, 유우키도 얼굴을 보이러 갈 예정은 없다. 아마도 두 번 다시 만나지 않을 것이다. 그렇게 되는 게 이상하지도 않았다.

피를 나눈 가족에 대해서도 그러하니 타인에 대해서는 더욱 그렇다. 반생에 걸쳐 깊이 관계를 맺은 사람은 두 명뿐이다. 한 명은 스승. 그리고 또 한 사람은…… 타마모. 그 아이가 처음이었다. 그렇게나 타인에게 접근 당한 것은…….

그래서 어떻게 해야 할지 몰랐다.

몰랐던 것이다.

(16/44)

"……아."

하얀 방 중 하나에서 유우키는 중얼거렸다.

그 방에는 유우키가 찾을 필요도 없이 문제가 드러나 있었다. 환영이 스위치를 누른 것이다. 들어간 방에 문제가 이미 있다, 이것으로 두 번째였는데 그런데도 유우키는 조금 놀랐다.

그 문제가 벽이 아니라 **바닥에 붙어 있었기 때문이다**.

또 문제가 적힌 문의 사이즈도 지금까지보다 한층 더 컸다. 금고의 문이라기보다는 바닥 아래 공간으로 이어지는 출입구 덮개처럼 보였다. 그 문 너머에 지하 수납공간 내지는 지하 통로 같은 것이 있을 것 같았지만 문이 닫혀 있기 때문에, 문제가 아직 풀리지 않았기 때문에 그 진상을 밝혀낼 수는 없었다.

유우키는 문제에 다가가 그것을 읽었다.

Q?? 이 문제는 **몇 번 문제일까**? 숫자 키패드로 입력하시오.
오답 페널티: 이 방의 천장이 낙하한다.

유우키는 자신도 알아챌 정도로 미간을 찌푸렸다.

전혀 모르겠다. 아니, 질문 내용은 알겠다. 문제 번호를 답하라, 이 〈Q??〉의 부분을 채우라는 것이다. 모르는 것은 정답이다. 문제 번호의 배치에 규칙성은 없었던 것 아닌가? 그런데 〈

지금 몇 번째 문제?〉 같은 흐름의 질문은 곤란하다.

유우키는 한참 동안 고민하고 소거법으로 알아낼까, 라는 가설을 세웠다. 아직 확정할 수는 없지만 한 방에 하나씩 숨겨져 있는 문제를 모두 발견해 숫자를 지워 마지막에 남은 것을 여기에 입력하는 것이다. 그럴싸한 가설이지만 그렇다면 지금 유우키는 이 문제를 풀 수 없다. 환영도 똑같이 생각해서 안 풀고 내버려 둔 것일지도 모른다.

그런 결론을 내리고 유우키는 방을 뒤로했다.

옆 방으로 옮겨가 끝에서 끝까지 바닥을 밟아 또 스위치를 찾았다.

그러나 머리 쪽은 계속 아까 그 문제를 생각했다. 그 문제, 아마도 중요한 것이다. 금고가 아니라 출입구 덮개라는 점도 그렇고 오답 페널티의 수준도 다르다. 〈이 방의 천장이 낙하한다〉, 자세히는 알 수 없지만 답을 틀리면 죽는다고 봐도 좋을 것이다. 지금까지보다 한층 무거운 페널티다. 그것은 그대로 문제의 중요도를 나타낸다고 할 수 있었지만 현재 상태로는 풀 수 없을 것 같아서 어쩔 수 없다고 생각한 유우키는 묵묵히 바닥을 꼼꼼히 밟았다.

생각에 잠겨 있던 덕인지 짧아진 체감 시간 안에 유우키는 바닥 조사를 마쳤다.

그러나 스위치는 발견되지 않았다.

"……어?"

이상하네, 라고 유우키는 생각했다.

지금까지의 방에서는 매번 바닥 어딘가에 스위치가 있었는데. 혹시 여기서는 벽에 달린 것일까? 아니면 다른 생각을 하면서 탐색한 탓에 놓친 걸까? 그 가능성을 고려해 유우키는 다시 한번 끝에서부터 바닥을 조사해 나갔다.

그러던 중 방문이 열렸다.

척, 척, 하는 발소리도 들렸다. 환영이 방으로 들어온 것이다. 환영은 유우키의 모습을 확인하고는 「어라, 잘하고 계신가요」라고 인사를 해왔다.

"안녕."

유우키는 그렇게 말하고 스위치를 찾는 발을 멈추지 않은 채로 환영을 관찰했다.

유우키와 마찬가지로 환영은 머리카락 여기저기에 메모와 소품을 묶어 놓았다. 그녀도 그녀 나름대로 게임을 진행하고 있는 모양이다. 물론 그 모습은 유우키가 상상한 것에 지나지 않아서 게임을 진행하고 있다며 유우키의 무의식이 **간주하고 있다**고 정의하는 편이 정확할 것이다.

환영 쪽도 유우키를 관찰하더니—.

"뭐 하는 거야?"

그렇게 말을 걸었다.

"그런 식으로 미련하게 바닥을 툭툭 쳐대 봐야……."

"……뭐냐니, 스위치를 찾고 있지."

계속해서 바닥을 툭툭 치며 유우키가 대답했다.

그 대답에 크크크, 하고 환영은 웃음으로 답했다. 평소처럼 비아냥을 품은 웃음이었다. 유우키는 「뭐야, 이 녀석은」이라고 생각했다.

"잘 들어, 그렇게 느긋해서는 점점 격차가 벌어진다고."

"……?"

또다시 의미심장한 발언. 그저 허세가 아니라 이면에 뭔가 있는 듯한 뉘앙스가 느껴졌다. 뭘까.

그 의문에 대한 답과 같은 대답을 유우키가 생각하기도 전에 환영은 움직였다. 바닥을 툭툭 치고 있는 유우키의 옆을 스쳐 지나가 문을 열고 옆 방으로 옮겨갔다.

방금 전의 문제가 있는 방이었다.

문이 자동으로 닫히기 직전에 환영이 문제 앞에서 웅크리고 앉는 것을 유우키는 목격했다.

그것이 유우키의 흥미를 크게 자극했다. 설마 **답을 아는 건가**? 너무 신경 쓰여 도저히 스위치 탐색을 이어갈 수 없었다. 유우키는 발을 멈추고 방금 닫힌 문을 다시 열어 답을 입력하고 있는 환영의 등을 바라봤다. 오답 페널티가 있기에 방에는 들어가지 않고 문 곁에서 감시만 했다.

3초도 되지 않아 환영은 입력을 마치고 엔터 키를 눌렀다.

유우키는 몸을 굳혔다.

그러나 천장이 떨어지는 일은 없었다. 정답을 의미하는 기분 좋은 전자음이 울리더니 문이 열렸다.

유우키는 놀랐다. 아니, 자신이 있으니까 답을 입력했을 테니 놀랄 일은 아니지만, 그래도 놀라웠다. 어떻게 풀었지? 소거법은 아니었을 것이다. 유우키가 있던 방의 문제가 풀리지 않은 이상, 번호를 하나로 압축할 수는 없다. 환영이 답을 입력하는 과정을 처음부터 끝까지 감시하던 유우키였지만, 중요한 정답은 등에 가려져 보지 못했다. **환영에 가려져 안 보였다**고 하니 이상한 기분이었으나 어쨌든 정답도 모르겠고 정답에 도달한 과정도 알 수 없었다.

유우키가 놀라는 동안 환영은 문 너머 지하 공간인지 지하 통로인지로 두 다리부터 내려가려고 했다.

그걸 보고 유우키는 낭패라고 느꼈다.

자연히 발이 앞으로 나아갔다. 환영을 뒤쫓으려고 순간적으로 생각했는데—.

하지만, 그때 환영과 눈이 마주쳤다.

그녀의 눈빛에 **공격적인 기운**이 뒤섞인 것을 유우키는 놓치지 않았다.

또, 문에 걸쳐져 있던 환영의 한 손이 —손가락 끝은 문의 그늘에 가려서 보이지 않았다— **살짝 움직인 것**을 봤다.

이상의 두 가지 정보로 일어날 일이 파악되었다. 아까와 마찬가지로 자연스럽게 유우키는 발을 멈추고 발꿈치를 돌려 몇 할 정도는 빠르게 달려 온 길을 돌아갔다.

그 도중—.

철컹 철컹 철컹 철컹하는 쇠사슬이 맹렬하게 마찰하는 소리가 들렸다. 두 개의 사슬이 비벼진다기보다 접혀 있었던 것이 펴지면서 울리는 불규칙한 소리였는데, **쇠사슬로 고정했던 무언가**를 천장에서 떨어뜨린다면 딱 이런 소리가 나지 않을까, 싶었다.

유우키가 문을 열고 문턱을 넘어 옆 방으로 돌아감과 동시에 **쿠우웅**하는, 몸의 중심까지 울리는 것 같은 소리를 들었다. 실제로 진동이 바닥에서 몸으로 전해져와 유우키는 균형을 잃고 넘어졌다. 바닥에 손을 댄 상태로 목을, 몸을, 뒤로 돌릴 수 있는 부위부터 서둘러 돌려 뒤돌아봤다.

천장이 낙하하고 있었다.

(17/44)

그렇게밖에 표현할 길이 없는 상태였다.

유우키가 아까까지 있었던 예의 문제가 있던 방, 그 바닥 면적 전체를 천장이 뒤덮어 버렸다. 천장이 떨어지는 광경은 태어나 처음 본 유우키로서는 이를 형용하기가 여간 어렵지 않았지만…… 예를 들어 규조토로 된 욕실 매트라든지, 바닥에 부착되기 전의 타일이라든지, 그러한 평평한 돌을 아주 크게 만든 것이 방바닥 전체를 뒤덮고 있는 상태였다. 그 거대한 돌에는 몇 줄의 쇠사슬이 장착되어 있었다. 위에서 매달려 있는 것이다.

그 쇠사슬이, 움직였다.

철렁철렁하고 다시 소리를 내며 팽팽히 당겨졌다. 그와 더불어 돌이 공중에 뜨더니 원래 상태로 돌아간다.

그 모습을 놓치지 않으려고 문을 밀며, 유우키는 생각했다. 오답 페널티대로다. 천장이 떨어졌다. 왜 떨어진 걸까? 물론 오답을 제시했기 때문이다. 환영의 책략이다. 이미 열려있어 대답은 필요 없을 터인 문의 문제에, 또 다른 대답을, 그것도 틀린 대답을 일부러 입력하여 오답 페널티를 작동시킨 것이다.

유우키를 깔아뭉개 죽이기 위해서.

쇠사슬 소리가 멈추고 천장이 복구되었다.

원래 있었던 하얀 방의 풍경이 드러났다. 방에 달린 출입구 덮개 이외에 물건 다운 물건은 아무것도 없는 방.

그 덮개 문은 닫혀 있었으나 천장이 위로 복구된 시점에서 열렸다.

환영이 얼굴을 내밀었다. 유우키에게 시선을 향해 온다. 압사하기는커녕 상처 하나 입지 않은 것을 확인한 것인지「항」하고 웃었다.

"뭐야, 유감이네."

라는 말을 내뱉고서 다시 덮개 문을 닫았다.

제기랄, 하고 유우키는 분통해하며 방에 들어갔다. 덮개 문에 다가가 손잡이를 잡아당겨 본다. 그러나 열리지 않는다. 잠금장치가 걸려 있다. 금고 문은 한 번 열리면 그걸로 끝이었지만, 이 문은 닫힐 때마다 잠기는 모양이다. 아까 환영의 거동을 보면 안쪽에서는 열리는 것 같지만 바깥에서는 열 수 없다.

문의 문제의 정답을 맞히지 않는 한.

그러나…… 대체 어떻게?

(18/44)

"역시, **마방진**이었나요."

별실에 협조자의 목소리가 전해졌다.

예의 문제를 푼 그녀는 지하로 향했다. 사다리를 내려가는 소리에 섞여 그녀의 목소리가 이어진다.

"문제 번호의 배열에, 알기 쉬운 법칙이 있는 것처럼 보이지는 않았거든요. 다른 24개 방의 문제 번호를 빼서 소거법으로 번호를 맞추는 방법도 고려했지만…… 그래도, 보아하니 **모든 방에 문제가 감춰져 있지 않더군요**. 그렇다면 이것밖에 없잖아요."

"말 걸지 말라고 했지? 시끄럽게."

링링은 협조자의 말에 끼어들 듯이 응답했다.

"아니, 혼잣말이었는데요……? 그도 그렇잖아요? 링링 씨는 당연히 답을 알고 계시니까. 이쪽에서 설명할 필요도 없고요."

말수가 줄어들지 않는 협조자의 반응에 링링은 떨떠름한 표정을 짓는다.

그런 그녀를 에이전트는 곁눈으로 보았다.

뭐, 실제로 그게 정답이다. 그러므로 지하로 이어지는 덮개문은 열렸다. 다른 문제를 풀어서 얻은 힌트로 풀게 할 예정이었으나 설마 단서도 없이 알아내다니…….

마방진— 종횡사선, 모든 한 줄에서 숫자 합계가 똑같아지는 정방 행렬을 가리키는 말이다. 그 합계 수는 행렬의 사이즈마다 정해져 있어 3 곱하기 3이면 15, 4 곱하기 4면 34, 그리고 5 곱하기 5는 65가 된다. 게임 무대에는 5 곱하기 5로 25개의 방이 있고, 그 문제 번호는 마방진을 형성하도록 배치되어 있었다.

또한 그 성질 때문에 번호를 모르는 부분도 추리해서 채울 수 있었다. 그래서 문제를 풀기 위해 다른 번호를 모두 알 필요는 없다. 아니, 그것은 애초부터 불가능하다. 협조자가 말한 대로 모든 방에 문제가 숨어 있는 게 아니었다. 예컨대 유우키가 아까까지 문자 그대로 발로 밟고 있던 방에는 스위치도 문제도 준비되어 있지 않았다. 완전히 헛고생인 것이다.

오답 페널티는 크게 설정했지만 난이도 자체는 그다지 높지 않다. 초등학생도 풀 수 있는 쉬운 문제였다.

매의 눈으로 상황을 볼 수 있다면, 말이지만.

에이전트는 유우키를 비추고 있는 모니터에 시선을 향했다. 매의 눈으로 상황을 보지 못하는 그녀는 문 앞에서 머리를 감싸 쥐고 있었다.

"……다행이야."

그 모습을 보고 에이전트는 중얼거렸다.

게임 진행이 정체되는 것이 〈다행이다〉라는 의미는 물론 아니었고 페널티를 피해줘서 다행이라는 의미다. 협조자가 일부러 오답을 입력했을 때에는 간담이 서늘했다. 유우키의 시점에서 그 동작은 보이지 않기에 혹시 도망칠 타이밍을 놓치지 않을까 걱정했지만, 과연 숙련된 플레이어였다. 불길한 예감을 느낀 듯 한발 앞서 물러나 천장이 낙하하는 페널티를 피했다.

협조자가 플레이하는 쪽의 〈스노우 룸〉에도 오답 페널티는 있다. 단, 어디까지나 테스트용 게임이라는 콘셉트여서 페널티는 전부 약한 느낌이었다. 감전 페널티는 다소 찌릿하는 정도로 끝났고 천장이 낙하해도 그건 발포 스티로폼으로 만들어진 것이어서 깔려도 죽지 않는다.

그러나 그걸로는 벌칙으로 성립하지 않기 때문에 페널티를 받을 때 소형은 그 자리에서 일시 대기, 대형은 5분 대기라는 규칙을 사전에 설정했다. 상대편의 게임에도 같은 설정이라고 협조자는 믿고 있을 것이다. 문의 움직임을 통해 대전 상대인 유우키가 방에 들어온 것을 눈치챈 협조자는 **5분 동안 발을 묶어 두기** 위해 페널티를 작동시킨 것이다.

다행히 최악의 사태는 면했다. 그러나 협조자가 앞서고 말았다. 이대로 유우키가 오도 가도 못한다면 격차는 더 벌어질 것이다. 부디 어서, 한시라도 빨리 문제 해법을 알아내 줘. 모니터 안에서 머리를 감싸고 있는 자신의 담당 플레이어를 지켜보며 에이전트는 기도했다.

그 마음이 전해졌는지는 알 수 없다.

그러나 유우키는 머리에서 손을 떼고 말했다.

"……그렇구나!"

(19/44)

"마방진인가!"

싸쥐고 있던 머리에서 손이 떨어짐과 동시에 유우키는 말했다.

그것밖에 없다. 정방형으로 배열된 방. 숫자의 추측. 그 두 가지를 연결한 아마도 세계에서 유일한 개념이다.

그렇다면 유우키도 풀 수 있을 것이다. 환영이 이미 푼 이상, 필요한 정보인 각 방의 문제 번호는 갖춰져 있을 터이기에…….

유우키는 서둘러 방마다 돌아다녔다. 각 방에 드러나 있는 문제의 번호를 메모 뒤쪽에 사인펜으로 기록해 갔다. 유우키는 작업을 시작하고 곧바로 손도 안 댄 채 방치된 문제가 상당히 많음을 눈치챘다. 지하로 가는 번호를 풀기 위해 환영이 내놓을 수 있을 만큼 내놓은 것이리라.

방을 다 돌고 나서 유우키는 문제의 방으로 돌아갔다.

메모를 펼치고 여행의 성과물을 집중해서 쳐다봤다.

금방 문제 풀기에 돌입했다. 사인펜으로 하얀 바닥에 적어 가며 계산했다.

그나저나 학교 수학 시험에서 유우키만큼이나 문제 용지를 엉망진창으로 만드는 학생은 없었다. 암산으로 할 수 있는 계산도 일단 적어 버리기에 금방 메모투성이가 되는 것이다. 이번에도 그러한 자질은 유감없이 발휘되었다. 아무튼 급했고 바닥 전체를 계산 용지로 쓸 수 있었으니까.

마방진을 풀고 있는 건가, 아니면 **마법진**을 그리고 있는 건가, 라고 스스로도 헷갈릴 즈음에 답이 나왔다.

"……이걸로 되겠지……?"

그 답에 동그라미를 치면서 유우키는 불안해졌다.

한시라도 빨리 답을 하고 싶은 마음은 굴뚝같았으나 목숨이 걸린 문제였다. 유우키는 검산을 했다. 마방진의 성질상, 각 줄의 합계가 똑같다면 계산이 제대로 된 것이다. 혹시 몰라 두 번 확인했지만 아마도 괜찮을 것 같았다.

결의를 다지고 유우키는 답을 입력한 뒤 엔터 키를 눌렀다.

그리고 문을 향해 물러섰다.

만에 하나 페널티가 작동해도 도망칠 수 있도록 그러나 걱정은 기우였고 정답인 것을 알려주는 전자음이 울리며 덮개가 열렸다.

(20/44)

덮개 문 안쪽에는 세로로 깊은 굴이 이어져 있었다.

역시 지하로 이어져 있다. 조명은 지하에는 없다는 걸까. 구멍 앞쪽은 어두웠고 어느 정도 걸어간 즈음부터 완전한 암흑에 휩싸여 보이지 않았다. 암흑 속에 사인펜을 떨어뜨려 보자, 카랑카랑 하는 건조한 소리가 돌아왔다. 적어도 바닥이 없지는 않은 모양이다.

굴의 벽면에는 **사다리**가 달려 있어 그것을 붙잡고 내려가기로 했다. 지상에서 쏟아지는 빛에 의지하여 한 단 한 단 내려간다. 지상에서 본 느낌으로는 금세 새카만 암흑 속으로 떨어질 것 같은 분위기였으나, 지하의 시점으로는 의외로 시야는 양호했고 원활하게 내려갈 수 있었다.

이윽고 유우키의 맨발에 차가운 것이 닿았다.

바닥에 도착한 것이다.

지하에 내려선 유우키는 주변을 둘러봤다. 지상의 빛도 여기까지 오면 거의 흩어져 버려서 아무것도 보이지 않았다. 바닥을 만지자 납작한 석판 같은 울퉁불퉁한 감촉이 일었다. 벽 쪽도 마찬가지다. 지하 통로로서는 자연미가 지나치게 강했고 동굴이라고 하기에는 지나치게 정비된 느낌이 들었다. 유우키는 왠지 RPG 등에 나오는 지하 세계의 던전이 연상됐다.

암흑 속에서 해볼까, 하고 유우키는 결심했다.

한번 혀를 튕겨 소리를 내봤다.

클릭 음이 주변에 울렸다. 그게 천장에, 벽에, 바닥에 닿아 돌아오는 것을 유우키는 귀를 기울여 들었다.

에코 로케이션. 반향 정위. 유우키가 갖춘, 청각으로 주위 환경을 파악하는 힘이다. 현재의 유우키에게 암흑은 암흑이 아니었다. 지난 게임 〈로열 팰리스〉에서는 눈이 안 보이는 채로 칼싸움도 해냈다. 이 지하 공간에는 환영이 있을 것이고 소리를 내서 도착을 알려 버리는 것은 리스크였지만, 그것을 고려해도 뭐라도 시도하지 않으면 아무것도 안 될 거라고 유우키는 판단한 것이다.

감행한 결과, 외길 통로가 이어져 있음을 알았다.

그 길을 유우키는 나아갔다. 한참 가자, 갈림길에 맞닥뜨렸기에 대충 찍어 길을 선택해 또 나아간다. 암흑세계 속에서 혀를 튕기는 클릭 음과 유우키의 맨발이 내는 찰팍찰팍하는 발소리만이 울렸다.

생각해 보면 암흑 속을 나아가는 것은 처음이 아니었다. 10회차 게임 〈스크랩 빌딩〉에서 조명도 없이 걷는 상황에 부닥쳤던 기억이 되살아났다.

그리고 그때의 기분 나쁜 아가씨에 관한 기억도.

그런 녀석도 있었지, 하고 유우키는 생각했다. 그것도 어떤 의미로는 유우키의 인생에서 깊이 엮였던 인물 중 한 사람이다. 자신은 아군보다 호적수를 만드는 쪽에 더 능한 듯했다.

지금의 나를 그녀가 본다면 뭐라고 할까? 필시 격노할 것이 틀림없다.

차라리 또 나타나서 내 뺨을 힘껏 때려 준다면—.

"……."

한심한 생각을 하고 있군, 이라고 쓴웃음을 지었다.

유우키는 십자로에 이르렀다.

좌우로 길이 갈라져 있다. 반향음을 들어본 바로 왼쪽이 막다른 길임은 파악이 되었으나 유우키는 일부러 그쪽에 가보기로 했다. 그 공간에서 받은 첫인상, RPG 던전 같다는 인상이 그런 선택을 유도한 것이다. 막다른 곳이 그냥 막다른 곳이 아닐 수도 있다.

스무 걸음도 채 안 갔을 때 벽에 부딪혔다.

클릭 음을 울리자 발밑에 무언가가 감지되었다. 커다란 상자 같은 것이다. 상부는 아치 모양의 구조를 띠고 있다. 손으로 만져 확인해 보자 소재는 주로 목재였으나 곳곳에 금속으로 보강이 되어 있었다.

즉, **보물 상자** 같았다.

던전의 막다른 길에는 보물 상자가 있는 법이다. 외벽을 두드려 유우키는 내용물을 살폈지만 소리가 잘 반향되지 않아 알 수 없었다. 흔들어 확인할 수 없을까 싶어 들어보았는데 바닥에 고정된 듯 움직이지 않았다. 유우키는 내용물을 확인하기 위해 괜히 얕은수를 쓰지 않고 정공법을 쓰기로 했다. 즉, 보물 상자인 듯한 그것의 그 주변의 잠금장치나 무언가가 있을 법한 부분에 손을 댔다.

쇠 장식 같은 것이 손가락에 닿았다.

잘 만져서 확인한다. 열쇠 구멍이나 다이얼은 없다. 학생 가방이나 비즈니스 백에 달린 것 같은 그냥 물림쇠였다. 아주 살짝 힘을 줘 보자 움직였다.

열 수 있는 것이다.

그 실감이 신경을 타고 손끝으로 전해지자, 거의 손버릇에 가깝다고 할 만큼의 자연스러운 움직임으로 그녀는 잠금장치를 풀고 보물 상자를 열었다.

—그 직후 위험을 감지했다.

더 구체적인 징후인 휘잉, 하고 바람을 가르는 소리도 들렸다.

유우키는 서둘러 바로 누웠다. 그 몸의 바로 위를 뭔가가 지나가면서 일으킨 미미한 바람이 드러난 유우키의 두 발을 스쳤다. 카랑, 하는 건조한 소리를 내며 〈그것〉이 벽에 부딪히고는 바닥에 떨어지는 듯한 소리가 들렸다. 유우키는 일어나 소리가 난 방향에서 위치를 특정하고 〈그것〉을 주웠다. 빛 한 줄기 없는 암흑 속이었지만 감촉으로 정체를 알았다.

바람총이었다.

탈출형 게임의 단골인 아이템, 트랩이었다.

"……역시."

유우키는 중얼거렸다.

예상은 했다. 그래서 순식간에 반응할 수 있었던 것이다. 탈출형에는 항상 등장하는 무대장치이고, 던전에도 단골로 등장하는 소도구일 것이다. 오답만 아니면 위험은 없었던 지상의 문제와는 달리 앞으로는 이런 일도 있을 것 같았다.

유우키는 보물 상자를 들여다봤다. 암흑이기에 내용물은 보이지 않는다. 유우키는 클릭 음을 울려 추가적인 덫이 숨어 있지 않은지 확인하며 상자에 손을 넣어 내용물을 꺼냈다. 10초 정도 문지르며 만져 보자 스위치가 달려 있었다. 얼른 켜 보자 주위가 밝아졌다.

갑작스러운 빛에 유우키는 눈을 감고 말았다.

몇 초가 걸린 후에 겨우 눈을 떴다.

스스로 빛을 발해 정체를 가르쳐 준 그것은…… **전기식 랜턴**이었다.

(21/44)

별실에서는…….

링링이 파이프 의자에서 엉덩이를 떼고 일어섰다.

그리고 아무 말 없이 별실을 나가려고 했다.

"어디 가시는 건가요?"

에이전트가 그렇게 물어보자—.

"산토끼를 잡으러 다녀올게."

링링이 대답했다.

아마도 화장실에 간다는 완곡한 표현일 것이다. 일반적으로는 그다지 듣지 못하는 에이전트도 처음 듣는 표현이었으나 플레이어의 세계에서는, 링링이 플레이어 활동을 했을 적에는 그런 식으로 말했을지도 모른다.

이 건물에 수도는 없었지만 야외에는 가설 화장실이 마련되어 있었다. 링링은 그곳으로 향하고 별실에는 에이전트와 조달꾼만이 남았다. 게임 관계자로서는 드물게 남성인 조달꾼은 말수가 적어서 공간은 거짓말처럼 정적에 휩싸였다. 그렇다고는 해도 둘 다 모니터에 주목하고 있었기에 어색하지는 않았다.

주로 에이전트가 보고 있었던 것은 유우키의 동향을 쫓는 모니터이다. 지상의 하얀 방과 마찬가지로 지하에도 카메라가 설치되어 있었다. 조명이 없으므로 아까까지는 적외선에만 의지하고 있었으나, 유우키가 랜턴을 입수해 줌으로써 가시광선으로도 그 모습을 포착할 수 있게 되었다.

드디어, 라고 에이전트가 생각했다. 광원을 손에 넣어줬다는 의미로도 〈드디어〉였고 지하에 내려가 줬다는 의미로도 〈드디어〉였다. 이로써 다시 대전 상대와 같은 스테이지에 선 셈이다.

협조자가 비친 모니터에 에이전트는 시선을 향했다.

먼저 지하에 내려간 이는 그녀였기에 당연히 앞서고 있었다. 지상으로 이어지는 제2 스테이지, 지하 던전을 거의 반 정도 이미 나아간 상태였다. 조명으로는 지상에서 손에 넣은 아이템인 라이트가 달린 볼펜을 사용하고 있었다. 랜턴은 놓친 것이다. 콩알만한 전구 하나밖에 없는 펜 라이트보다 랜턴 쪽이 광원이 크기에 그 점에서는 유우키가 우위라고도 할 수 있었지만, 보아하니 협조자는 그 조명으로도 부족함을 느끼는 것 같지는 않았고 게임의 진행도라는 실제적인 우위에 비해서는 미미할 뿐이었다.

"……이 격차는 더 이상 줄어들지 않으려나……."

그런 현실을 확인하고 에이전트는 중얼거렸다.

유우키가 분투 중인데도 불길한 말을 하는 것은 주저되었으나 그 사실은 부정할 수 없을 것이다. 어쨌든 협조자의 던전은 트랩이 없으니 지상의 오답 페널티와 마찬가지로 지하의 트랩도 전부 연습용이었다. 협조자는 유우키에 비해서 두려움 없이 던전을 나아갈 수 있었다.

그럼에도 아직 유우키에게 승산이 있다면…….

지하 깊숙한 곳에 있는 **최종 문제**뿐일 것이다.

그녀의 직감이 기능하지 않기를 기대할 수밖에 없다. 부디 **그것**을 눈치채지 못하기를, 에이전트는 그렇게 생각했다.

"그나저나, 참 잘 만들었네요."

모니터 속에서 협조자가 말한다.

"이런 지하 공간까지 준비하고, 상당히 본격적이에요……. 이것과 같은 무대가 또 하나 있다면, 대체 준비에 얼마나 든 거죠?"

또냐, 라고 에이전트는 생각했다. 링링이 여러 번 경고했음에도 불구하고 협조자는 계속해서 이쪽에 말을 걸어 온다. 링링이 아무리 위협해도 겁을 먹지 않는 것이다.

"조용히 해주세요."

링링 대신 마이크를 들고 에이전트가 호소했다.

"어, 이 목소리는 분명…… 세츠나 씨인가요?"

그렇게 협조자는 반응했다.

협조자는 에이전트의 목소리를 알고 있었다. 그녀를 스카우트할 때 얼굴을 마주했고 다소 대화도 나눴기 때문이다. 물론, 유우키의 에이전트라는 정체는 숨기고 지금의 에이전트에게는 **가명**인 세츠나라는 이름으로 소개했다.

"세츠나 씨가 대답하셨다는 건, 링링 씨는 안 계시는 건가요?"

협조자의 질문에 에이전트는 대답하지 않았다.

"얼마나 안 계시는 걸까요? 단순히 화장실에 갔을 뿐인지, 아니면 귀가하신 건지……. 혹시 시간적으로 여유가 있으시다면 어떤가요, 조금 대화를 나누지 않을래요? **감시자가 없는 동안에**."

협조자는 자기가 농담하고 자기가 웃었다.

에이전트는 웃지 않았다. 무언을 관철하며 거부 의사를 전했다.

"매정하시네요."

협조자는 그래도 말을 이어갔다.

"그럼, 혼자서 멋대로 떠들게요. ……아니, 아니, 이 **장치** 같은 것도, 정말 무시무시하고 진짜 게임 같은 설계예요. 대전 상대 쪽은 괜찮을까……?"

"그러니까 게임에 집중해—."

거기까지 말했을 때.

에이전트의 입이 멈췄고 이어서 질문했다.

"……지금, 뭐라고 말씀하셨죠?"

"그러니까, **대전 상대는 괜찮을까**라고."

"왜 그런 걱정을 하시죠?"

에이전트는 자연히 말이 빨라졌다. 자기 쪽에서 말을 걸어버렸다는 실수를 깨달았지만 이미 늦었다.

협조자는 큭큭, 웃고 나서 답했다.

"그걸 물어보시는 건가요? 말하지 않을 수 없네요."

그 말 대로였다. 이 게임이 정말로 단순한 연습용이고, 테스트 플레이이고, 신변에 위험이 전혀 없다면 **이런 식으로** 반응하는 건 이상했다. 진정해, 라고 에이전트는 자신을 다그쳤다.

"솔직히 이상한 이야기라고 생각했어요. 그냥 테스트 플레이가 아닐지도 모른다고, 뭔가 드러나지 않은 이면이 있을지도 모른다고…… 그렇게 느꼈는데, 역시 그런 거로군요?"

에이전트는 다시 침묵했다. 이 이상, 협조자에게 단서를 줘서는 안 된다고 생각한 것이다.

"어떨까요? 이쯤에서 서로 패를 보여주는 건. 이 게임의 **진짜 내막**을, 제게 가르쳐 주세요. 그렇게 해주시면 저도 이야기할게요. 왜 대전 상대의 게임만이 진짜라고 생각했는지."

역시 눈치챘다. 상대편 게임은 목숨을 건 것이라는 사실, 이 게임에 감춰진 이면이 있다는 사실을…….

협조자는 어디까지 알고 있는 걸까, 하고 에이전트는 생각한다. 〈패를 보여달라〉라고 말하는 걸 보니 전부 파악한 것은 아닌 것 같았지만 어쨌든 입을 다물어야지, 라고 생각했다. 그렇지 않으면 전부 망쳐버릴지도 모르기 때문이다.

"거부……하는 건가요."

에이전트의 무언을 그런 의미로 해석한 듯 협조자가 말했다.

"그렇다면…… 그래요. 먼저 이쪽에서 한 장 카드를 보여드리죠. 혹시 그걸로 생각이 바뀌실지도 모르니까요."

협조자는 한 박자 쉬고 말을 이어갔다.

"현재 제가 싸우고 있는 것은, 플레이어 네임, 유우키라고 불리는 인물. 틀림없죠?"

(22/44)

에이전트는 더욱 동요했다.

어떻게 알았지? 숨겨진 내막이 있을지도 모른다고 의심하는 것은 이해할 수 있다. 테스트 플레이라는 설명은 조금 억지라고 에이전트 자신도 생각했기 때문이다. 그러나 유우키의 이름이 나올 이유는 없을 터였다.

"솔직히 말하면, 그건 처음부터 알고 있었어요."

협조자의 목소리가 멍해진 에이전트의 귀에 도달한다.

"링링 씨로부터 제안을 받은 시점에서 유우키와 관련되어 있을 거라고 짐작했죠."

"……? 어째서죠……?"

호기심이 이겼다. 결심을 깨고 에이전트는 말을 내뱉고 말았다.

"유우키로부터 링링 씨의 이름을 들은 적이 있었으니까요. 반년 정도 전이었던가……."

"……유우키와 만났나요? 사적으로?"

"네. 그녀에게서 못 들었나요?"

못 들었다. 처음 들었다. 전속 에이전트이지만 사적인 교류까지 간섭하지는 않는다.

"그게 유일한 오산이었네요. 그리고, 치명적인 오산이기도 해요. 링링 씨도 세츠나 씨도, 저와는 첫 대면이라고만 생각했죠. 그러나 사실, 링링 씨와 유우키의 관계를 저는 알고 있었죠. 과거에 스승 역할을 한 적이 있다는 걸."

"……."

"그 링링 씨가 제게 찾아오니, 이건 우연이라고 생각할 수 없지요. 저와 링링 씨의 유일한 접점이 유우키니까요……. 녀석에 관한 이야기일 거라고 생각하는 게 자연스럽죠."

에이전트는 아무것도 할 수 없었다. 멋대로 떠들지 말라고 요구하는 것도 불가능했고 반대로 그다음을 말하라고 재촉할 수도 없었다. 협조자의 말을 그저 듣기만 할 뿐이었다.

"하지만 이야기를 듣자 하니, 좀 상황이 달랐어요. 연습용 게임의 테스트 플레이를 해달라고? ……이봐, 그건 아니잖아, 라고 생각했죠. 제 입으로 말하기는 뭐하지만 그런 걸로 **저 정도의 인간**을 호출할 것 같지는 않았고…… 애당초 게임 설정도 미묘해요. 왜 일부러 게임 현장을 두 개 만들어 상황을 링크시키죠? 같은 현장에서 플레이하면 될 것을……. 그렇게까지 해서 대전 상대를 숨기려고 하는 의미는?"

물론 그 부분의 허점은 에이전트도 알고 있었다. 그러나 잘 설명할 수 있는 아이디어가 떠오르지 않았다.

"무엇보다 유우키의 이름이 나오지 않는 것도 너무 이상했어요. 대전 상대라는 건 아마도 유우키일 텐데…… 그걸 숨기는 건 왜일까? 의문투성이죠."

"……그럼, 어째서……."

에이전트의 기억으로는 협조자는 흔쾌히 승낙했다. 의문투성이로 느끼는 기색은 전혀 없었을 텐데.

"구태여 묻지 않기로 했죠. 링링 씨와 세츠나 씨의 분위기로 볼 때 사연이 있어 보였으니까요. 촌스럽게 굴지는 말기로 하고, 대신에 추측은 해보기로 한 거죠. 그리고 생각이 정리되면 타이밍을 봐서 부딪혀 보기로 했어요. 그게 바로 지금이에요."

"……혹시 계속 말했던 건 이걸 위한 밑준비였나요?"

"네. 링링 씨가 아니라 당신이 나서 주기를 기다렸지요. 링링 씨는 이야기를 들어주지 않을 것 같아서요. 그녀가 자리를 비우는 타이밍을 원했어요."

그렇다면 에이전트는 결코 마이크를 들어서는 안 되는 것이었다. 방심했다고 하지 않을 수 없다. 자신이 플레이어 출신을 상대하고 있다는 사실을, 목숨을 건 세계에서 살아남은 인물이 상대라는 사실을 잊고 있었다.

"그럼…… 제 추측을 이야기해 볼까요?"

협조자는 그렇게 말했다.

(23/44)

"전제로서…… 어쨌든, 대전 상대는 유우키라고 가정했습니다. 그게 아니라면 사정이 뭐든 아무래도 좋으니까요……. 그렇게 생각해도 지장은 없지요. 아무래도 저는 유우키와 싸우고 있는 것 같았죠. 그러나 게임 현장을 분리한 것은 **왜**일까? 그렇게 하는 것의 이점은? 마주치면 곤란할 게 있나? 또는 어떤 이유로 직접 만날 수 없는 장소에 있다든가?"

협조자는 계속 말한다.

"여러 가지로 생각했는데……그쪽 게임이 〈진짜〉라는 가설이 가장 설득력이 있었죠. 제가 플레이하고 있는 것은 연습용이니, 유우키가 플레이하고 있는 것은 목숨을 걸어야 하는 진짜. 그렇다면 게임 현장을 분리하는 것도 이해가 되고, 사정을 숨기는 것도 이해됩니다. 유우키를 죽일지도 모른다면 저는 이 이야기를 거절하거나, 또는 승낙해도 대충 플레이할 우려가 있으니까요."

전부 맞는 말이다, 라고 에이전트는 생각했다.

"그쪽은 목숨이 달렸다. 그건 진실이라고 봐도 좋을 것 같았어요. 그렇다면 다음 의문인 유우키는 **왜**, 이런 상황에 처했을까? 이것이 운영진이 주도한 게임이 아니라는 건 틀림없죠. 플레이어 수가 단지 두 명인 게임이라는 건 그다지 들어보지 못했고, 의상 같은 것도 없고, 저를 찾아오는 이는 검은 옷을 갖춰 입은 에이전트들일 테니까요."

협조자를 찾아갔을 때 에이전트는 정체를 숨기기 위해 평소와 같은 검은 옷을 입지 않았다. 또, 유우키의 옷차림에 맞춰 옷을 벗어달라고 부탁하기가 미안해서 협조자에게는 평상복으로 게임을 해달라고 의뢰했다. 탈출에 필요한 아이템도 운동복이 아니라 **왕관**이라는 설정이다. 보물찾기 게임, 이라고 말해둔 것이다.

"이건 사적으로 개최되는 게임인 게 틀림없다. 하지만 **왜** 그런 걸 할까? ……처음에 생각한 건 복수, 라는 것이었어요. 테스트 플레이라고 생각하고 게임을 하다 보니, 자기도 모르게 남을 죽였다…… 그런 설정에는 악의가 느껴지니까요. 저와 유우키 양쪽에 원한이 있는 누군가가, 생각할 수 있는 가장 추잡한 수단으로 양쪽을 죽이려 한다고."

에이전트는 철렁했다. 분명, 상황을 보면 그렇게밖에 여겨지지 않을 것이다.

그러나 협조자는 「그건 아니겠죠」라고 말을 잇는다.

"설득력이 있는 가설이지만, 그런 것 치고는 링링 씨나 세츠나 씨에게 독기가 없었어요. 저를 속이려고 하는 느낌이 아니었죠. 두 사람 다 진실을 모른다, 라는 가능성도 있었지만, 그렇다면 그 진지한 분위기는 설명이 안 되고……. 무엇보다 결정적인 것은 제 플레이어로서의 직감이, 위험을 보고해 오지 않는다는 사실입니다. 늙고 병들어도 제 몸에 닥친 위험 정도는 알아챌 수 있다고 자부하고 있어요. 그게 없었다면 악의적인 이야기는 아니겠죠. 목숨을 걸게 했지만 선의로 준비된 게임이다. 두 사람의 선의로…… 또는 유우키 본인이 두 사람에게 요청해서, 이 게임이 열렸다. 그러나—."

협조자는 네 번째로 「**왜?**」를 내뱉었다.

"대체 뭘 목적으로 하는 건지? 이 정도의 설비를, 그것도 두 개나 준비했다면, 결코 적지 않은 수고와 자금도 들었을 텐데. 그렇게까지 해서 모의 게임을 실시하는 목적은 뭘까? 그만큼의 물자를 투입할 정도의 **중대한 문제**가 유우키의 몸에 일어난 것일까? ……그렇게 생각했을 때 그녀의 제자에 관한 일이 머리에 떠올랐어요."

"뭐……. 그것도 알고 계시나요?"

에이전트는 말문이 막혀 답했다.

"네. 유우키로부터 들었습니다. 녀석은 인간관계라는 것을 매우 힘들어해서요……. 그녀와 관련된 무언가에서 중대한 문제가 발생했을 가능성이 있다. 그걸 고려해 이 게임을 다시 바라보니, 설정에서 주목할 만한 점이 발견됐죠. 서로의 진행 상황을 **도어 개폐나 발소리 하나에 이르기까지 동기화시킨다**는 점입니다. 너무 치밀하게 만들어져 있어요. 마치, 또 한 사람의 플레이어가 정말로 있고, 공간을 돌아다니고 있는 것처럼 보이게 하려는 의지가 느껴지더군요. 그렇다면…… 이건 다소 엉뚱한 추측일 수 있겠지만……."

듣는 자의 주의를 끌려는 듯 뜸을 들이고 나서—.

"……**망령을 보고 있다**는 건 어떤가요?"

협조자는 그렇게 말했다.

"예컨대…… 직전 게임에서 유우키는 자기 제자와 직접 대결했어요. 그녀를 죽이고 살아남을 수는 있었지만, 제자를 잃은 상실감을 견디지 못하고 그 망령이 보이게 되어 버렸다. 그래서 망령과 공상의 세계에서 게임을 하고, 유우키 나름대로 결판을 내려고 한다……."

협조자는 웃었다. 자신의 발언이 터무니없다고 느낀 듯했다.

"……이런 추측은 너무 로맨틱한가요?"

(24/44)

말도 안 돼, 라고 에이전트는 생각한다.

거의 정답이다. 마지막의 마지막 단계에서 아주 조금 빗나갔지만 큰 틀에서는 예측이 가장 어려운 큰 틀에서는 맞았다.

"어떤가요? 얼마나 핵심을 찔렀나요?"

협조자는 그렇게 물어 왔다.

어떡하지, 라고 에이전트는 생각했다. 여기까지 긴 이야기를 들었으니 이쪽에서도 한 마디 정도는 대답해야 할 것 같은 기분이 절로 들었지만, 현재 자신의 사명은 모의 게임의 관리다. 그 때문에 어디까지나 부정해야 하나? 그러면 그녀는 게임을 계속해 줄까? 그럴 리가 없다. 하지만 인정해도 상황은 마찬가지다. 어쩌지. 어떻게 하면…….

"만약 그렇다면……."

—어쩔 셈인가요?

에이전트는 그렇게 물으려고 했다.

그러나 그렇게 할 수 없었다.

"뭐 하는 거야?"

그 목소리가 들린 순간 에이전트는 죽음을 각오했다.

링링이 돌아온 것이다. 또각또각 이쪽으로 걸어왔다. 표정은 평소와 다름없었으나 도깨비나 악마 비슷한 무시무시한 환각이 그 뒤에 보였다. 유우키의 기분을 조금은 알 것 같아진 에이전트는 마이크에서 손을 떼고 모니터 앞을 떠났다.

그리고 링링이 대신 마이크를 잡고 협조자에게 말했다.

"어쩔 셈이지, 당신?"

상황을 파악하고 있는 것 같았다. 별실 바깥까지 대화가 들렸던 것이리라.

"어쩔 셈이냐니?"

"그녀를 떠보고 있었던 거 말이야."

링링은 에이전트를 흘겨봤다.

"캐묻지 말라고 말했을 텐데. 죽고 싶어?"

"어…… 안 되나요?"

협조자는 시치미를 뗐다.

"저는 어디까지나 진지하게 게임을 진행하고 있는데요. 대전 상대의 정체를, 이 게임의 내막을 알게 되면, 제게 유리하게 작용할지도 모르니까요. 조금이라도 대충하면 죽이겠다고 말씀하셨으니까…… 당연히 기회가 되면 **그렇게 해야 한다**고 생각했습니다. 이런…… 도를 넘은 행동을 해서 죄송하네요."

에이전트는 궤변이라고 생각했다.

게임을 유리하게 진행하다니 그런 목적은 아니었을 것이다.

단순히 추리력을 선보이려고, 그저 진상을 알고 싶어서 떠들었다. 그것뿐일 터였다.

"걱정 안 하셔도 돼요. 게임은 계속할 겁니다. 계속 방심하지 않고 임할 거예요. 대전 상대라 유우키라고 해도."

「……좋아」라고 링링이 말했다.

"하지만, 여기까지만 해둬. 다음은 없어."

"분부대로 하겠습니다."

모니터 안에서 협조자는 어깨를 으쓱했다.

그 몸짓을 보고 에이전트는 생각했다. 이 사람에게 부탁한 게 잘못인지도 모른다…… 아무리 그녀가 **가장 적합한 상대**였다고는 해도…….

(25/44)

유우키는 던전 탐색을 진행했다.

(26/44)

그 바람총 후에도 종종 트랩이 유우키를 덮쳤다. 몸을 찢는 와이어가 깔려있거나 또다시 바람총이 날아오기도 했고, 벽에서 화염이 방사되기도 하고 천장이 일부 떨어지기도 했다. 게임도 슬슬 점입가경이어서 뒤숭숭한 분위기를 띠기 시작했는데 그래도 이런 살기 등등한 쪽이 유우키에게는 전문 분야였다. 작은 상처 하나 없이 모두 피했다.

그렇게 나아가자 벽에 도달했다.

그냥 벽이 아니다. 소재는 주위의 벽과 똑같았으나 한가운데 파인 자국이 있다. 이것은 문인 것이다. 그러나 손잡이는 없고 그 대신 낯익은 것이 달려 있었다.

Q. ☆△○+△☆□=□△□☆일 때 ○에 들어가는 숫자는?

오답 페널티 : 당신의 팔은 절단된다.

문제 아래에는 구멍이 나 있었다.

팔을 넣을 정도의 크기인 구멍이다. 안을 랜턴으로 비춰 보자 숫자키가 달린 것이 보였다. 여기에 팔을 넣어 답을 입력하라는 것이다.

구멍 주위에는 **사람의 얼굴을 본뜬 조형물**이 있었다. 화가 난 듯한, 또는 역으로 겁에 질린 듯한 심상치 않은 표정을 지은 얼굴이었고 그 입 부분에 구멍이 나 있었다. 팔을 집어넣으니 마침 그 얼굴에 **팔이 먹히는** 모양새가 되었다.

"……진실의 입, 이라고 했던가……."

유우키는 그렇게 중얼거렸다.

분명히 그랬을 거다. 로마인가 어딘가의 교회에 있는 사람 얼굴 모양의 조각으로, 반쯤 벌려진 입에 거짓말쟁이가 손을 넣으면 **뜯어 먹힌다**는 전설이 있다. 로마에 간 적은 없는 유우키였지만 아무튼 유명한 문화재이므로 그 모조품을 여러 곳에서 본 적이 있었다. 장난삼아 손을 집어넣은 경험도 한두 번이 아니다. 그러나 그때와 똑같이 해보고 싶지는 않았다.

오답 페널티, **당신의 팔은 절단된다**.

이것은 전설대로의 그것이라고 생각해도 좋을 것이다. 구멍 안에 기요틴이라도 장치되어 있어 답을 못 맞히면 싹둑 잘리는 것이다.

그러나 다행히도 답을 알았기에 그 전설을 체험할 일은 없었다. 유우키는 왼팔을 구멍 속에 넣어 숫자키를 만졌다. 손을 넣으면 키가 보이지 않았지만 버튼의 숫자가 돋을새김 되어 있었기에 촉감으로 알 수 있었다. 유우키는 서둘러서, 그러나 신중하게 정답인 〈8〉을 입력해 엔터를 쳤다.

기요틴이 내려오는 일은 없었다.

우우웅, 하고 소리를 내며 벽이 천천히 옆으로 이동했다. 그 때문에 팔째로 유우키는 옆으로 끌려가 황급히 팔을 빼었다.

이윽고 문이 다 열리고 길이 열렸다.

유우키는 그 길을 나아갔다. 문이 있었던 지점을 통과하자 우우웅, 하고 또 소리를 내며 문이 자동으로 닫혔다. 그것이 다 닫히는 것을 기다리지 않고 앞으로 나아갔다.

전진하자 또 문이 나타났다.

문제가 있었지만 사람 얼굴 모양의 조각이 있는 것은 아까와 마찬가지. 두 번째 문제였다. 그 문제에도 유우키는 무사히 정답을 입력해 앞으로 이동했다. 그리고 3번, 4번 문제를 풀어 가며 어두운 던전을 나아갔다.

한편으로 생각했다.

어디에 트랩이 있는지 모르는 환경에서 산만해지는 건 위험하지만 어쩔 수 없이 생각하게 된다. 이 게임의 가려진 주역, 환영의 대역을 담당 중인 대전 상대에 관해서 말이다.

그 사람은 대체 누굴까?

처음에 생각한 후보는 링링이었다. 그러나 그녀는 눈이 전혀 보이지 않는다. 문제를 읽어야 하는 이 게임에는 적합하지 않아, 점자나 음성 안내로 커버한다고 해도 유우키에게 지나치게 유리한 설정이 되어 버린다. 그녀에게는 무리다. 유우키의 에이전트 및 조달꾼은 애당초 본업이 플레이어가 아니다. 대역을 맡기기에는 부족할 것이다. 유우키가 아는 관계자 중 후보는 한 명도 없다.

즉, 누군가를 불러왔을 것이다.

게임 무대와 마찬가지로 또 한 명의 플레이어도 준비했다. 누구를 불렀지? 그렇고 그런 플레이어는 안 된다. 자기 입으로 말하기는 그렇지만 62회를 클리어한 플레이어를 위협할 정도의 환영이다. 링링 수준의 실력이 없으면 안 되었다. 그 조건을 채울 후보라면, 링링이 발탁할 만한 인물이라면 대체 누구일까?

아이리나 마구마 같은 실력이 뛰어난 현역 플레이어인가?

아니면 히토미나 코요미 같은 은퇴한 플레이어일까?

어쩌면 미시로나 그 제자가 지옥에서 왔을지도 모른다는 생각까지 일시적으로 들었다.

그러나 최종적으로, 하나의 가능성에서 유우키의 결론이 굳었다. 유우키는 그 인물에게 닿을 리가 없는 질문을 던졌다.

"……설마, 당신은 아니죠? **스승님**."

(27/44)

하쿠시는, 최종 문제에 도달했다.

(28/44)

던전 깊은 곳에 보물 상자가 있었다.

금색으로 도색되어 있어서 하쿠시가 가진 펜 라이트의 조명을 받아 반짝반짝 빛났다. 지금까지 몇 개의 보물 상자를 발견했지만 이런 건 처음이었다. 다른 것과 분명히 달랐다. 아마도 최종 목표, 탈출에 필요한 왕관을 넣은 보물 상자다.

그 앞에 하쿠시는 서 있었다.

"뭘, 멍하니 서 있어?"

이어폰을 통해 링링의 목소리가 들려왔다.

"어서 게임을 진행해. 설마 대충하려는 거야?"

신랄한 말이다. 아까의 〈그것〉 때문에 링링의 발언은 한층 더 가시가 돋치게 되었다.

하쿠시는 「진지한데요」라고 대답했다.

"보아하니 마지막인 것 같고, 신중해지려고요. 플레이어라면 누구나 그렇게 하잖아요?"

"……흥."

링링은 아마도, 일부러 들리라는 듯이 콧방귀를 뀌었다.

하쿠시는 웃음을 참는 데 필사적이었다. 나에게 이런 태도를 보일 수 있는 업계 사람은 지금도 살아있는 사람 중에서 이 사람 정도겠지, 라고 생각했다.

링링. 플레이어의 세계에서는 고참인 하쿠시보다도 훨씬 전 세대에 활동했던 인물. 만난 것은 이번이 처음이었고, 직접 선배 후배 관계였던 것은 아니지만 세대 차이에서 오는 상하 관계가 양쪽에 작용하고 있었다. 그래서 하쿠시는 존댓말을 써야 했고 역으로 링링은 계속 저런 식이었다. 이렇게나 고압적인 말을 듣는 경험은 한동안 못 해봐서 하쿠시는 유쾌하게 받아들이고 있었다.

이것만으로 이 이야기를 수락한 보람이 있었다.

링링과 세츠나가 방문했을 때 하쿠시는 상당히 놀랐다. 이런 일은 현역 시절에는 그렇다 쳐도 은퇴하고 나서는 거의 없었기 때문이다. 95회 클리어라는 화려한 기록을 보유한 하쿠시였지만 그 이름은 의외로 알려지지 않았다. 〈캔들 우즈〉 이후, 플레이어층이 크게 물갈이됐기 때문에 명성도 사라져 버린 것이다.

게다가 방문자 중 한 명은 링링이었다. 과거에 유우키가 사사하였다는 인물. 그렇다면 유우키와 관련된 안건일 텐데, 하쿠시는 그런 예상을 했지만 이야기를 듣다 보니 게임의 테스트 플레이라고 했다. 너무 평화로워서 감춰진 내막이 있지 않을까 추리하지 않을 수 없었으나, 일부러 아무것도 안 묻고 수락하기로 해서 여기에 있는 것이다.

하쿠시는 금색 보물 상자에 접근했다.

도중에 있던 다른 보물 상자와 보기에 크기는 똑같았다. 다른 것은 금색으로 칠해진 것과, 그 앞의 벽에 **문제**가 적혀 있다는 것이다.

Q. 지하 입구에서 여기까지의 최단 경로를 전부 더해 입력하시오.

오답 페널티 : **보물 상자 주위가 붕괴한다.**

오답 페널티 부분을 읽고 하쿠시는 실눈을 떴다.

그리고 펜 라이트로 사방팔방을 비추며 주변을 둘러보았다.

계속 보였지만 구태여 주목하지 않았던 것을 봤다. 보물 상자 주변의 바닥이 **유리**로 되어 있었다. 불을 비춰 보자, 바닥 아래에 공간이 펼쳐져 있는 것이 보였다. 〈함정〉인 것이리라. 만약 오답을 입력하면 발밑의 유리 바닥이 붕괴해 하쿠시는 나락에 빠질 것이다.

"……그러면 끝인가."

하쿠시는 그렇게 말했다.

함정이 얼마나 깊을지 펜의 조명만으로는 잘 알 수 없었으나 어쨌든 한 번 빠지면 다시 기어 올라오지는 못할 것이다. 그런 곡예를 해낼 만한 힘이 하쿠시의 육체에는 없었다. 그러므로 플레이어를 은퇴한 것이다.

90회 이상의 게임을 거쳐 온 역전의 플레이어 하쿠시. 그 육체는 이미 제대로 된 운동 능력을 기대할 수 없을 정도로 약해져 있었다. 이 〈스노우 룸〉은 수수께끼 풀이가 중심이기 때문에 어떻게든 해냈지만 원래는 게임에 참가할 수 있는 몸이 아니다. 만약 오답을 입력하면 거기까지였다. 물론, 나중에 구출해 주겠지만 게임에서는 사실상 탈락이 되는 것이다.

오답은 낼 수 없다. 어떻게든 한 번에 정답을 맞혀야 한다.

하쿠시는 문제를 잘 관찰했다.

지하 입구에서 여기까지의 최단 경로를 **전부 더해라**. 한 번 읽기만 해서는 무슨 뜻인지 이해되지 않는 문장이다. 지금까지 도중에 숫자 같은 것은 없었고 거리를 측정해도 미터로 입력하는 건지 센티로 입력하는 건지 알 수 없는 데다가 애당초 계측할 도구도 없었다.

어쨌든 최단 경로를 확인해 볼까, 라는 생각에 하쿠시는 **지도**를 꺼냈다.

지도다. 보물 상자 중 하나에 들어 있던 아이템으로 던전의 부감도가 그려져 있었다. 하쿠시는 최단 경로를 손가락으로 쓸어내리며 확인했지만 특별히 숫자 형태가 돋을새김 되어 있지는 않았다. 당연히 지도에 숫자가 적혀 있지도 않았다. 펜 라이트로 비추며 하쿠시는 더 세밀하게 지도를 관찰하다 그 지도가 **25개의 구획**으로 나뉘어져 있다는 것을 깨달았다.

잘 보니 지도상에 점선이 들어가 있다. 가로와 세로, 같은 간격으로 4개씩. 지도 전체는 5 곱하기 5로 25개의 구획으로 분할되어 있다. 그 도안이 연상시키는 것, 더 나아가 그것에 대응하는 숫자는 하쿠시도 알고 있었다.

"지상의 마방진인가."

그렇게 하쿠시는 소리 내서 말했다.

그렇다. 그 숫자를 재이용하는 것이리라. 지하 입구에서 여기에 이르기까지 최단 경로를 부감하고 지상의 마방진과 대조해서 경로상의 숫자를 모두 더하여 입력. 그것이 해법일 것이다.

하쿠시는 메모를 하기 시작했다.

그 뒷면에는 지상에서 계산한 마방진의 배열을 적어두었다. 여기까지 정보가 갖춰지면 이제는 단순한 덧셈만 하면 된다. 10초도 걸리지 않고 하쿠시는 암산을 마치고서 그 답을 숫자키에 입력했다.

그리고 엔터키에 손가락을 대려던 순간, 일시적으로 멈췄다.

오답이 두려워서가 아니었다. 자신이 계산한 숫자가 정답임을 하쿠시는 확신하고 있었다. 이런 부류의 수수께끼 풀이를 할 때 정답을 알아내면 〈이거다〉라는 느낌이 오는 법이다. 그 감각이 확실히 있었다. 해법도 계산도 틀림없이 맞았다.

그래서 생각한 것은 **정답을 맞춰도 될까**, 라는 것이었다.

이 보물 상자 안에 아마도 최종 목표인 왕관이 있다. 그것을 회수해 건물을 나가면 하쿠시는 게임 클리어. 대전 상대는 게임 오버가 된다. 대전 상대가 정말로 유우키인 걸까, 유우키가 플레이하는 〈스노우 룸〉은 목숨이 걸린 진짜인가, 그런 사정을 결국 캐내지 못했다. 하쿠시가 세츠나에게 이야기한 추리의 확신도에 관해서는 스스로도 반신반의하는 정도였다. 그러나 반쯤은 믿는 것이다. 이대로 가면 돌이킬 수 없는 사태가 될 가능성도 충분히 있다고 보고 있었다.

그래도 이 엔터 키를 눌러야 할까?

"……."

하쿠시는 아주 잠깐 고민하다가 그런 자신에게 웃음이 나왔다.

바보 같은 검토를 하고 말았군, 이라고 생각했다. 나름대로 오래 알고 지냈기 때문인지 유우키에게 정이 들었나 보다. 하쿠시가 해야 할 일, 그건 정해져 있었다. 게임을 전력으로 계속하는 것이다. 자신의 추리가 맞았는지는 알 수 없었지만, 가령 맞다고 해도 이 게임은 유우키의 의사에 따라 개최된 것이다.

그렇다면 그 무대장치로서 역할을 다할 뿐이다.

설령 그것이 예전의 제자를 죽음으로 내모는 선택이었다고 해도…….

좋아, 죽어라, 라고 생각했다.

그게 바람이라면 그렇게 해 주마. 여기서 시체가 되렴.

하쿠시는 엔터 키를 눌렀다. 액정에 입력한 답이 사라졌다.

그리고—.

매우 소란스러운 경보음이 주변 일대에 울려 퍼졌다.

(29/44)

소란스러운 경보음이 울렸다.

"……?!"

유우키는 놀랐다.

어두운 곳에서 갑자기 소리가 들리기만 해도 깜짝 놀랄 텐데, 이런 대음량의 경보음이니 놀라움은 한층 더 컸다.

뭐지, 뭐야, 라고 생각했다. 마치 긴급 스위치를 누른 것 같은 소리다. 설마 **당한 건가**? 환영이 운동복을 발견해 버렸나? 이 소리는 그걸 보고하기 위한 건가? 유우키의 마음이 갑자기 초조해졌다.

그러나 공교롭게도 유우키는 그 자리에 머물러 있을 수밖에 없었다. 다섯 개째 문의 문제를 풀고 있는 도중이었기 때문이다.

Q. 다음 미로에서 골로 이어진 입구는 〈A〉 ~ 〈D〉 중 무엇인가?
오답 페널티 : 당신의 팔은 절단된다.

문제 아래에는 미로가 그려져 있었다.

초등학교의 쉬는 시간에 남학생들이 열심히 그리던 세밀한 것이다. 미로 안에는 〈GOAL〉이라고 적힌 영역이 있고, 미로 끝에는 저마다 〈A〉부터 〈D〉까지의 기호가 달려 있는 네 개의 입구가 있었다. 그중 하나만이 골로 이어져 있으므로 그것을 찾아내어 입력해야 한다. 요컨대 **시간을 들이면 반드시 풀 수 있지만 시간이 걸리는** 유형의 문제였다. 그대로 유우키는 발이 묶여 버린 것이다.

경보음은 문 바로 앞까지 들려왔다. 소리가 나는 곳은 가까웠다. 아마도 이것이 마지막 관문일 것이다. 그 문제가 시간을 잡아먹을 뿐 아니라 선택 문제, 대충 짐작으로 때려 맞혀도 정답을 맞힐 수 있을지도 모르는 문제라는 점에서 유우키는 작성자의 악의를 느꼈다. 그야말로 지금 이런 상황이 될 것을 예상하고 구태여 선택식으로 만든 것이리라.

서두르게 하려고, **대충 때려 맞추게 하려고**.

"……."

유우키는 사람 얼굴 조각의 입에 집어넣은 자기 왼팔을 봤다.

결단은 빨랐다. 유우키는 상상 속에서 **왼팔을 잘라 버리고** 확신이 없는 채로 〈D〉를 입력했다.

그리고 상상은 현실이 되었다.

"※※※※※……윽!!"

소리 없는 비명을 지르고 유우키는 고통에 몸부림치며 바닥 위를 뒹굴었다.

처음 있는 일은 아니었다. 손발을 자른 적은 수도 없이 많았고 왼팔만 해도 이걸로 몇 번째였다. 그러나 그 통증은 언제까지고 익숙해지지 않는다. 인간인 한 익숙해지는 날은 오지 않을 것이다. 그래도 유우키는 일반인에 비하면 재빨리 일어나 떨어뜨린 랜턴을 줍고 벽을 비췄다.

진실의 입에서 하얗고 폭신폭신한 것이 흘러넘치고 있었다.

잘라 버린 유우키의 왼팔에서 흘러나온 것이다. 유우키는 아직 입 안에 넣어둔 그것을 가능한 한 내부 조직이 망가지지 않도록 신중하게 잡아당겨 꺼냈다. 통로 가장자리에 왼팔을 두고 이제 하나밖에 안 남은 정답 제출권인 오른쪽 팔을 집어넣었다. 〈C〉를 입력. 그쪽에 관해서도 확신은 없었으나 다행히도 정답이었던 듯 문이 열렸다.

이미 경보음은 멈춰 있었다.

유우키는 서둘러 달려갔다.

도중에 유우키의 부주의를 책망하듯 천장에서 트랩으로 설치됐던 창이 쏟아져 내려왔다. 피하려고 했지만 그래도 몇 개의 창끝이 유우키의 몸을 찢었다. 상처에서 하얗고 폭신폭신한 것이 흘러나오는데도 유우키는 속도를 유지하며 달렸다.

곧 막다른 길에 당도했다.

(30/44)

우선 유우키의 시야에 뛰어 들어온 것은 보물 상자였다. 금색으로 칠해져 있어 유우키가 들고 있는 랜턴의 빛을 강하게 반사하고 있었다. 유우키는 그것에 다가가려고 했는데—.

그러나 그 바로 앞에서 **석판이 깔린 길바닥이 끊어져 있었다**.

"으앗……."

그렇게 소리를 지르며 유우키는 멈춰 섰다.

랜턴을 앞에 대고 잘 관찰한다.

유우키의 바로 앞에서 바닥이 사라져 구멍이 되어 있었다.

어두운 데다가 한쪽 눈밖에 안 보였기 때문에 그 깊이를 가늠하기는 어려웠지만 거의 10미터 정도일까. 원래부터 구멍은 아니었던 듯 유우키가 좌우로 시선을 돌리자 유리판이 양쪽 벽에 붙어 있는 것이 보였다. 원래는 저게 바닥 역할을 하고 있었을 것이다. 그러나 어떤 이유로 **확**하고 좌우로 열려, 바닥 위에 있던 이를 구멍 안으로 떨어뜨렸다. 즉 이것은 〈함정〉이다.

그 장치에 걸린 듯한 멍청이도 발견할 수 있었다.

"여어, 본체 양반."

낯익은 얼굴과 목소리가 유우키에게 말을 걸어 왔다.

유우키의 환영이다. 그녀는 구멍 속에 있었다. 돌로 된 벽을 타고 오르며 함정으로부터 탈출을 시도하고 있었다.

유우키는 응수하지 않고 단도직입적으로 물었다.

"무슨 일이 있었지?"

"보면 알잖아. ……**실패했어**."

그렇게 말하고 환영은 위쪽에 시선을 향했다.

그 시선 끝에는, 환영의 머리 위에 있는 그곳에는 금색의 보물 상자가 있었다.

보물 상자는 잘 보면 기묘한 상태였다. 바닥의 유리가 빠졌는데도 떨어지지 않고 그 자리에 머물러 있었다. 더 잘 관찰해 보니 그 수수께끼가 풀렸다. 보물 상자의 측면과 바닥 몇 군데에 고정용 부품이 장착되어 있었다. 벽에 고정된 것이다.

또, 보물 상자에 뭔가가 적혀 있는 것이 보였다. 유우키가 선 위치에서 보물 상자까지의 거리, 즉 함정은 사방 2미터에 못 미치는 정도였기에 두 줄로 된 그 문장을 확인하기는 쉬웠다.

Q. 지하 입구에서 여기까지의 최단 경로를 전부 더해 입력하시오.

오답 페널티 : 보물 상자 주위가 붕괴한다.

문제였다.

진실의 입의 문과 지상의 금고와 마찬가지로 문제를 풀지 못하면 열리지 않는 유형인 것 같았다.

해법에 관해 유우키는 검토해 봤다. 잠시 후 마방진을 사용하는 걸까, 라는 아이디어가 떠올랐다. 여기에 오기까지의 경로를 부감하고 경로상에 있던 지상의 방의 문제 번호를 다 더해서 입력하는 것이리라. 적어도 경력이 오래된 플레이어인 유우키이기에 지나온 길 정도는 기억한다. 마방진의 배열도 혹시 몰라 메모 뒷면에 적어뒀고 두 개를 조합한 답을 산출해 낼 수도 있다. 틀림없이 환영도 똑같이 했을 것이다.

그렇다면, 이 상황은 뭘까?

환영이 계산을 틀렸나? 아니, 그렇다고 보기 힘들다. 여기까지 철두철미하게 우위에서 게임을 진행해 온 환영이 마지막에 깜빡 실수를 저질렀다는 설명은 이해가 되지 않았다. 게다가 유우키가 아까 고찰한 대로라면 진짜 대전 상대는 하쿠시일지도 모르는 것이다. 그 사람이 그런 바보 같은 실수를 할 거라고는 상상할 수 없었다.

그렇다면 문제에 뭔가 트릭이 있나? 유우키는 문제를 더 잘 관찰하고…….

"……앗."

알아냈다.

오답 페널티 항이었다. 〈보물 상자 주위가 붕괴한다〉. 그러나 이 상황은 **붕괴했다고 말할 수 없지 않나**? 분명 바닥은 사라졌고 환영은 나락에 떨어져서 너무나도 벌을 받는 듯이 보이지만, 현상으로는 유리 바닥이 열렸을 뿐이다. 붕괴하지 않았다. 〈붕괴〉라는 표현은 더 거창한 사태에 쓰이지 않던가?

오답 페널티의 기술과 실제 상태가 맞지 않는다.

그렇다면 이건―.

"페널티가 아니라…… **트랩인 건가**?"

그렇다. 유우키가 먼저 연 보물 상자와 마찬가지다. 그때는 뚜껑을 연 순간 바람총이 날아왔다. 이번의 경우에는 보물 상자의 문제에 환영이 정답을 입력한 순간, 함정의 트랩이 작동한 것이리라.

아마도 오답 페널티에서 말한 〈붕괴〉란 더 규모가 클 것이다. 바닥만이 아니라 천장이나 벽도 무너져 내려 더 엉망진창이 될 터였다. 너무나도 잘 부서질 것처럼 보이는 이 유리 바닥은 사실상 오답 페널티와는 상관없이 동작하는 트랩에 지나지 않는다.

이 보물 상자에는 즉, 두 종류의 덫이 **설치**되어 있는 것이다. 오답을 제출하면 페널티가 발생하는 것은 물론, 설령 정답을 입력해도 트랩이 대답한 이를 덮친다. 보물 상자에 문제가 달려 있다는 첫 상황이 이러한 복잡한 결과를 낳았다. 그 트릭에 환영은 그대로 걸려든 것이다.

잠깐만 그렇다면 어떻게 되지? 환영은 문제에 답을 입력했다. 그걸로 페널티가 발생하지 않았다는 건…….

즉, 정답을 맞혔다?

그렇다면 보물 상자의 잠금장치는 이미 열린 것인가?

"……."

유우키는 환영을 봤다.

보물 상자를 목표로 벽을 기어오르고 있었다. 그녀는 어디까지 눈치챈 걸까? 아까의 〈실패했다〉란 어떤 뜻일까? 오답을 입력했다고 착각하고 있는 것일까, 아니면 정답은 맞혔지만 발밑의 유리가 트랩인 것까지 생각이 미치지 못했다는 뜻일까. 어느 쪽이든 보물 상자를 확인하면 진실을 알 수 있을 것이다.

그 전에 유우키가 선수를 쳐야 했다.

유우키는 함정에서 조금 거리를 뒀다.

그 거리만큼 도움닫기를 했다. 함정의 폭은 2미터에 살짝 못 미쳐서 뛰어넘기는 쉬웠다. 유우키는 랜턴을 든 채로 맨발로 힘껏 뛰어올랐다.

그리고 벽에 고정된 보석 상자 위로 착지했다.

단단히 고정된 듯 뛰어올라도 떨어지지 않았다. 유우키는 랜턴 손잡이를 입에 물고 두 발로 노련하게 보물 상자를 붙잡으며 한쪽밖에 없는 팔로 보물 상자의 뚜껑에 힘을 줬다.

예상대로 손맛과 함께 보물 상자가 열렸다.

그리고 유우키는 저도 모르게 숨을 멈췄다.

안쪽까지 금칠이 된 보물 상자에 **유우키의 운동복이 들어 있었다.**

(31/44)

운동복뿐만이 아니다. 스니커즈와 머리 장식도 있었다.

전부 몇만 개는 제조되고 있는 기성품이었지만 그것이 다름 아닌 자기 것임을 한눈에 알았다. 때가 타고 낡았다는 부류의 시시한 단서 덕분이 아니라 **왠지 모르게** 알아버린 것이다. 오랜 기간 닳도록 쓴 익숙한 도구 특유의 오라가 있었다.

유우키는 그것이 뭔가, 굉장히 반가웠다. 보물 상자에 들어 있어서, 게임의 최종 목표였기 때문에, 라는 이유만은 아닐 것이다. 불안정해진 현재의 유우키를 제자리로 되돌려 주는 것처럼 느껴졌다. 두 손이 다 있었다면 만세라도 하며 기뻐하고 싶었다. 바깥 공기에 닿는 전신의 피부가 운동복 특유의 그 감촉을 요구했다.

얼른 유우키는 한 세트의 옷에 손을 갖다 댔다.

"잠깐."

그런 유우키에게 목소리가 들려왔다.

지금 유우키에게 말을 걸 수 있는 인물은 한 명밖에 없었다. 아니, **한 명도 없다**.

환영이다. 보물 상자를 노리고 함정의 벽을 기어오르고 있었다. 아직 유우키에게는 손이 닿지 않는 거리였지만 적어도 목소리만이라도 내겠다는 것이다.

유우키는 대답하지 않았다. 묵묵히 운동복의 소매에 팔을 끼웠다.

"이봐, 무시하지 마. 대화하자……."

유우키를 올려다보며 환영은 그렇게 말해 왔다.

"……말할 체력이 있다면 더 진지하게 암벽 타기를 하지 그래?"

환영을 내려다보며 유우키는 대답했다.

"아니면 대화로 주의를 끌면서 내가 옷 입는 걸 조금이라도 지연시키려는 속셈인가?"

"그렇지 않아. 마침 가까이에 있으니까, 대화를 나눌 수 없을까, 생각했을 뿐이야……."

"너와 할 이야기 같은 건 없어."

"이봐, 이대로 가버릴 거야?"

환영은 개의치 않고 계속 떠들었다.

"나를 여기 두고 혼자서만 살아남을 작정이야?"

유우키는 콧방귀를 뀌었다.

무슨 소린가 했는데……, 유우키는 환영에게서 시선을 떼고 운동복 바지를 손에 쥔 채 답했다.

"뭘 이제와서. 그런 규칙이고, 그런 게임이잖아."

유우키는 보물 상자에 엉덩이를 집어넣고 체중을 지탱했다.

오른팔과 양쪽 다리를 잘 이용해 바지에 다리를 끼워 간다.

"이봐……. 그 왼쪽 팔 어떻게 된 거야?"

유우키를 향해 환영은 끈질기게 말을 걸어왔다.

"어딘가의 문에서 답을 틀렸나? ……아니, 아니야. 버리고 온 거지? 마지막 문제는 그러고 보니 선택지가 4개였어. 거기서 틀린 거야. 맞지?"

유우키는 대답하지 않았다. 운동복 바지를 다 입고 다음에는 머리 장식에 손을 댔다.

"그런 사람이야, 너는. 필요하면 네 몸이라도 가차 없이 잘라버리지. 집착이란 게 없다고. 이 세상의 모든 게 네게는 소중하지 않아. 그래서 그렇게 해버릴 수 있는 거야. 인간도 아닌 말종."

한쪽 손만으로 머리 장식을 달기는 어려울 것 같아 유우키는 발가락을 보조로 썼다. 원숭이 같은 동작이라 보기에는 흉했지만 어떻게든 달 수 있었다.

"……**그런 식으로 저도 죽인 거죠?**"

익숙한 목소리에 유우키는 간이 떨어질 뻔했다.

아래를 봤다.

그곳에는 타마모가 있었다.

(32/44)

타마모.

경단 모양으로 묶은 머리가 트레이드 마크인, 외모가 수려한 소녀. 유우키의 옛 제자이자, 이 사건의 발단이라고도 할 수 있는 인물.

그 사람이 함정 안에 있었다.

"……윽."

몇 박자 후 유우키는 사태를 파악했다.

타마모의 환영을 유우키는 보고 있는 것이다. 그렇다기 보다 원래는 유우키의 형태를 취하고 있었던 것이 타마모로 바뀌었다고 보는 것이 적절할까. 생각해 보면 이것도 전혀 이상할 게 없었다. 환상이므로 누구의 모습을 취하든 상관없을 것이다. 유우키에게 공격을 가하는 데 더 적합한 인재를 찾아내어 그 사람이 되면 그만이다.

"어떠세요, 유우키 씨."

타마모의 목소리로, 타마모의 모습으로 환영은 말했다.

"이래도 저를 두고 가실 건가요? 두 번이나 저를 죽일 셈인가요, 유우키 씨……?"

유우키는 구역질이 날 정도로 화가 났다.

도저히 옷을 입고 있을 수 없었다. 이 심경으로 스니커즈를 집으면 분노를 못 이겨 환영에게 던져 버릴지도 모른다.

그 반응을 보고 보람을 느낀 건지, 환영은 연민을 자아내는 목소리로 말을 이었다.

"버리지 마세요, 유우키 씨. 두고 가지 마세요……. 저를 죽이지 마세요……."

"……시답지 않은 짓 하지 마!"

유우키가 외쳤다. 환영이 의도하는 바였지만 도저히 참을 수 없었다.

"그런 걸로! 내가 주저할 것 같아?!"

그럴 리가 없다. 어차피 환영이다. 타마모는 죽었고, 이 세상의 어디에도 없는 것이다. 망상 속에서 그녀를 집으로 데려가 망상의 사제 관계를 또 재개한다. 그런 짓을 할 생각은 없다.

악담 세례를 받은 환영은 심술궂은 미소를 지어 보였다. 진짜 타마모라면 절대로 짓지 않을 표정이었다.

"아니요, 안 그럴 것 같아요. 하지만 아픈 데를 찔린 것 같네요. ……아아, 졌습니다. 유감이네요. 이걸로 문제 해결. 환영은 사라지고, 제자도 사라지고, 평온한 플레이어 생활로 복귀하는 건가요. 나를 죽인 주제에."

유우키는 대답하지 않았다. 무시와는 조금 다른 뉘앙스의 침묵을 관철한다.

"하지만, 각오는 해 두세요. 유우키 씨가 유우키 씨인 이상, 제2, 제3의 제가 분명히 나타날 테니. 그때도 이런 식으로 할 건가요? 혼자서 막 난리를 치다가, 한참 뒤에 마음속에서 뭔가 정리가 되면 전부 잊고서 태연하게 다시 일어선다……. 그런 걸 반복할 작정인가요?"

"……이제 두 번 다시 그런 실수는 안 해."

"아니요, 할 겁니다. **너**는 인간 같지 않은 말종이니까……. 만물에 대해 슬퍼하고 소중히 여기는 마음이 근본적으로 없어. 어떤 일에도 경의를 품지 않아, 표현하지 않아. 소중한 것 따위는 이 세상에 하나도 없어. 나도, 너 자신도, 99회라는 목표조차도, 네 마음속 깊은 곳에서는 아무래도 상관없는 거야."

환영이 말을 이어가는 사이, 그 모습이 일그러져 갔다.

타마모에서 다시 유우키의 모습으로 돌아왔다.

"그러니까 **너**에게는 규칙이 필요한 거야. 필사적으로 쐐기를 박아두지 않으면, 전부 뿔뿔이 흩어져 버려……. 아무것도 소중하지 않으니, 아무에게도 소중한 대우를 받지 못해. 누구와도 제대로 된 관계를 만들 수 없어. 일시적으로 구축했다고 하더라도 스스로 망쳐버리지. 그렇게 혼자서 계속 고통에 발버둥 치는 거야. 사람들과 접촉하지 않고 떠도는 유령. 그게 너라는 존재의 본성이야! 틀려!?"

유우키는 반박하려고 했다.

그러나 아무 말도 나오지 않았다. 뭔가 말해, 라고 생각했다. 멋대로 떠들게 놔두지 마. 침묵하는 건 인정하는 거야. 아무 말이라도 좋으니, 뭔가, 받아 쳐. 그 심정과는 반대로 입에서는 한 마디조차 나오지 않았다.

그때, 였다.

욱신거리는 통증이 유우키의 몸에 일었다.

(33/44)

심리적인 통증이 아니다. 물리적인 통증이다.

유우키의 전신의 상처에서 발생한 것이었다. 절단된 왼쪽 팔, 창끝에 찢긴 피부, 전류로 손상된 체내 조직 등 무엇이 통증을 유발하는지는 알 수 없다. 밝혀내 봐야 의미는 없을 것이다.

그러나 통증을 느낀 순간 머리가 맑아지는 것을 유우키는 느꼈다. 하고 싶은 말이, 해야 할 말이 질서 정연하게 머릿속에서 구축되었다. 아아 그랬어, **이렇게까지 도움을 받고** 알아채지 못 할 뻔한 건가? 이 은혜도 모르는 녀석.

"……아니야."

그 말을 유우키는 환영에게 던졌다.

"그렇지 않아. 만약 그랬다면, 지금 이 상황은 없었어."

"……뭐?"

"내게는 의지할 사람들이 많이 있어."

유우키는 말을 이었다.

"에이전트 씨, 링링 씨, 조달꾼 씨…… 누군지는 모르지만, 대전 상대를 해주신 분께도. 그렇게 협력해 주신 덕분에, 너와 승부를 겨루는 무대에 서 있을 수 있는 거야."

언어가 목을 빠져나간다. 그 자리에 열기가 남는다.

"만약 내가 네가 말하듯이 인간 같지도 않은 말종이었다면, 아무와도 제대로 된 관계를 맺지 못했다면, 협조를 구할 수 없었을 거야. 이 게임이 열리지 못했을 거야. 이 〈스노우 룸〉 그 자체가, 여기서 너와 말다툼을 하고 있는 이 사태 자체가 내 인성을 증명한다고!"

유우키는 말을 내뱉었다.

머릿속에 있는 언어를 전부 다 썼다. 뭔가 반박이 돌아와도 두 번째로 쏠 화살은 없었다.

그러나 환영은 침묵했다. 분통해하는 것처럼 보이지도 않았고 어이없어하는 것 같지도 않은, 하지만 어딘가 이해할 수 없다는 표정으로 함정의 벽면을 기어오르고 있다.

이에 유우키도 묵묵히 옷을 입었다. 운동복 상, 하의, 머리 장식과 마지막 하나— 스니커즈를 손에 들고 거기에 발을 넣었다.

그때 스니커즈에서 팔랑, 하고 메모가 떨어졌다.

유우키는 그것을 잡았다. 조명을 들어 메모에 빛을 비춰 그 내용을 읽으려고 했다. 그런 유우키에게 환영은 주목했다.

메모에는 이렇게 적혀 있었다.

힌트 26

어느 한쪽 플레이어가 운동복을 발견한 시점에서 〈폭력 금지〉라는 규칙은 사라진다. **쟁탈전을 벌일 수 있게 된다**.

(34/44)

"어……?"

별실에서 에이전트는 곤혹스러운 소리를 질렀다.

그 시선은 모니터에 꽂혀 있었다. 유우키가 있는 지하가 아니라, 지상 부분. 스타트 지점인 게임명과 규칙 설명이 적힌 방을 보고 있었다.

그 방의 벽이 일부 밀려 나갔다.

금지 사항 2, 〈폭력 금지〉 픽토그램이 그려진 부분이었다. 새하얀 벽으로 바뀌어 규칙이 보이지 않게 되었다.

그리고 그 후에 스니커즈에서 메모 같은 것이 떨어지는 것을 봤다.

저건 뭐지? 라고 에이전트는 생각했다. 저런 게 있는 줄은 몰랐다. 사전에 들은 게임 설계로는 이 뒤에 유우키가 건물에서 탈출하고 끝날 예정일 텐데. 이미 게임은 결판이 났다. 이 이상의 일은 일어나지 않아야 하는데.

"큭, 크크……."

그때 링링의 의미심장한 웃음을 에이전트는 들었다.

“놀랐나보네, 에이전트 씨. 당신에겐 알려주지 않았으니 당연한 건가…….”

“어떻게 된 거죠?”

“당신 눈에 비친 대로야.”

링링은 태연하게 말했다.

“〈폭력 금지〉 규칙이 사라졌다. 즉 그 규칙은 상실됐다. 유우키 씨의 스니커즈에서 메모가 떨어졌잖아? 그건, 규칙이 삭제된 걸 그녀에게 알리기 위한 거야.”

“무슨…….”

에이전트는 순간 말문이 막혔지만 말을 이었다.

“왜죠? 그런 짓을 하면 전부 그르치게 되잖아요!”

〈폭력 금지〉. 환영과의 승부를 성립하기 위한 가장 중요한 규칙이다. 그걸로 환영을 속박했는데, 그걸 없애 버리면…….

“반대로 묻겠는데 그냥 돌려보낼 줄 알았어?”

링링은 말한다.

“폭력은 금지니까, 강탈은 불가능하니까, 또 한 명의 자신은 손가락을 물고 보는 것 말고는 달리 방법이 없으니, 평화롭게 탈출해서 환영을 처리했습니다. ……**그런 미적지근한 결말을 내가 허락할 것 같았어?**”

부드러운 말투이긴 했다.

그러나 그 등 뒤에 심상치 않은 감정이 숨겨져 있음을 느꼈다. 아까 협조자를 대할 때보다도 훨씬 진하고 깊은 것이…….

"……숨기고 계셨군요."

"네. 당신은 분명히 반대할 테니까……. 게임이 완성되기 바로 전에 조달꾼에게 부탁해서 이 사양을 넣었지."

에이전트는 조달꾼을 봤다. 그는 말없이 시선을 피했다.

"이래 봬도, 나는 몹시 화가 났다고. 처음 이야기를 들었을 때, 솔직히 그녀에게 실망했어. 제자를 죽여서 쇼크예요, 어떻게든 해주세요? ……속물 같으니. 그런 어리숙한 고민을 품은 여자아이인 줄 몰랐어. 뭘 희생해서라도 플레이어를 계속하겠다. 죽을 때까지 계속한다. 그런 각오가 된 아이라고 생각했기 때문에 아낌없이 협조했던 건데……."

링링은 파이프 의지에 깊이 등을 파묻고 삐걱삐걱 소리를 냈다.

"그러니까…… 최후 단계에 사다리를 없앤 건가요?"

"없앤 게 아니야. 조금 심술을 부렸을 뿐이지. 환영을 〈쓰러뜨리지는〉 못해도, 〈도망치는〉 건 가능하잖아? 그렇다면 그렇게 하면 될 뿐이야. 출구까지 도망친다면, 이 게임의 규칙이 환영을 제거해 주겠지……."

링링은 마이크를 손에 쥐었다. 그 스위치를 켜고 「여보세요. 살아 있어?」라며 협조자를 불렀다.

(35/44)

"—여보세요, 살아 있어?"

이어폰에 링링의 목소리가 들어왔다.

그것을 하쿠시는 함정 바닥에서 들었다.

"……살아 있어요."

"테스트 플레이는 종료됐어. 수고했어. 나중에 구출하러 가줄 테니, 거기서 기다려 줘."

"이제 된 건가요?"

"그래. 나머지는 그녀가 혼자서 어떻게든 하겠지……."

〈그녀〉라고 링링은 말했다. 어디까지나 내막은 비밀로 해두고 싶은 모양이다.

"게다가, 하쿠시 씨. 자력으로는 탈출 못 하잖아? 게임을 진행할 수 없다면, 플레이를 계속한다고 해도 어쩔 수 없고."

"네…… 뭐, 그렇네요."

10미터 정도 위에 있는 함정의 입구를 하쿠시는 올려다봤다. 저 굴을 기어 올라가 탈출할 만한 체력이 자신의 몸에는 갖춰져 있지 않았다.

"그럼, 또 나중에."

링링은 그렇게 말하고 통화를 끊었다.

하쿠시는 등에 있는 쿠션에 깊이 체중을 맡겼다. 함정 바닥에는 쿠션이 깔려 있어 떨어져도 다치지 않는 구조였다.

당했다. 마지막 단계에서 실패하고 말았다. 눈치챌 수 있었는데. 유리가 열릴 거라는 사실은 주의해서 관찰하면 중앙의 갈라진 부분을 보고 알아챌 수 있었다. 이 유리가 붕괴하는 것이 아니라 열린다, 즉 오답 페널티와는 관계없는 트랩임을 이해할 수 있었을 터였다. 바보 녀석, 이라고 하쿠시는 자책했다. 게임의 내막이 무엇인가에 정신이 팔려서 중요한 것을 놓친 것이다.

정답을 맞혀도 발판이 무너진다면 하쿠시는 어떻게 했어야 할까. 생각을 하다가 금방 답을 얻었다. 그렇다. 트랩에는 트랩이다. 도중에 있었다. 그 덫을 이용하는 거다.

(36/44)

유우키는 랜턴을 보물 상자 안에 두고 메모를 구겼다.

그러나 그 내용은 확실히 외웠다. 폭력 금지 해제. 안 본 셈쳐도 소용없었다. 환영을 지울 수 없는 것과 마찬가지로 메모의 내용도 잊을 수 없었다.

아래를 봤다.

환영이 있다. 이쪽으로 올라오고 있다. 아까처럼 악담을 퍼붓지는 않고 묵묵히 손을 움직이고 있었다.

단, 그 입은 호전적으로 일그러져 있었다.

이 녀석, 붙을 셈이다. 메모의 내용은 환영에게는 안 보였을 테지만 유우키의 반응으로 사태를 파악한 것이리라. 아니, 애당초 마음을 읽을 수 있었던가.

그러나 환영의 손은 아직 닿지 않는다. 벽의 7할 정도의 높이까지 올라오긴 했지만 함정을 탈출하려면 아직 한참 걸릴 것이다. 이 시간적 우위를 살려야 했다. 조금이라도 환영을 떼놓는 것이다. 유우키는 던전의 통로에 시선을 던지고 스니커즈를 신은 두 발에 힘을 꽉 주고서 랜턴을 손에 든 채로 점프했다.

아까와 달리 도움닫기를 할 수는 없었지만 그래도 문제 없이 통로 바닥에 두 발로 착지할 수 있었다. 찌릿, 하고 땅에 닿은 충격에 따른 저림이 발바닥을 타고 올라왔다.

그것이 빠져나가기도 전에 유우키는 달렸다. 통로를 빠져나가 코너를 돌아, 왔던 길에서 유우키를 다치게 했던 트랩인 유우키의 키보다도 긴 창의 더미를 지나, 아까 유우키의 왼쪽 팔을 뜯어간 문의 뒤편에 도착했다.

유우키가 그 앞에 서자 문은 우우웅 소리를 내며 **천천히** 열렸다.

혈관이 터지는 줄 알았다.

이렇게 느릿느릿 열리는 건가? 올 때도 그래서 갈 때도 그러는 게 당연했지만 조금이라도 서두르고 싶은 지금으로서는 너무도 답답했다. 결국 3분의 1도 안 열린 상태에서 유우키는 몸을 가로로 돌려 만원 지하철에 뛰어들 듯이 문을 통과했다. 오른쪽 팔에 든 랜턴이 걸려 방해가 되어서 버렸다.

그리고 클릭 음에 의지하며 던전을 달렸다.

달리다 보니 지형을 파악하기가 다소 힘들어 여기저기에 부딪히고 넘어졌지만 그래도 유우키는 다음 문에 도착했다. 역시다 열리기도 전에 몸을 쑤셔넣어 또 달렸다. 세 개째, 네 개째, 문을 통과해 갔다.

다섯 개째 문에 도착한 그 순간 유우키는 발소리를 들었다.

음향 효과로 나는 소리는 아니었다. 맨발이 돌바닥에 닿아서 나는 소리. 찰팍찰팍하는 발소리였다. 유우키의 상상 속의 것으로 환영이 다가오고 있었다. 발소리가 들려온다는 건 상당히 접근한 것이리라. 유우키는 점점 더 다급해져 더 강하게 문틈으로 몸을 쑤셔 넣으며 따라잡히는 순간을 조금이라도 지연시키려 손발을 필사적으로 움직였다.

던전을 주파해 지하 입구로—.

사다리를 올라 덮개 문으로—.

문을 밀어 열자 빛이 쏟아져 내려왔다. 눈이 부셔서 유우키는 얼굴을 뒤로 돌렸다. 그러자 환영이 사다리를 타고 올라오는 것이 보였다. 유우키는 서둘러 빛 속으로 뛰어 들어가 지상에 나와 덮개 문을 닫으려고 했다.

그러나 간발의 차이로 문이 움직이지 않게 되었다.

그리고 **밀어 올리는 힘이 작용했다**.

환영이 지하에서 밀고 있는 것이다. 유우키는 문에 체중을 실어 그 힘에 저항했지만 그와 동시에 일말의 한심함을 느꼈다. 왜냐하면 실제로는 아마도 유우키 혼자서 발버둥 치고 있을 뿐인 것이다. 옆에서 보기에는 엄청나게 능숙한 팬터마임처럼 보일 것이다. 그러나 유우키에게는 이 이상 없을 정도로 절실한 현실이었다.

이윽고 환영의 힘에 져서 서서히 덮개 문이 열렸다.

문틈으로 환영이 팔꿈치를 내밀어 온 것이 유우키의 눈에 비쳤다. 발로 차려고 했으나 쑥쑥 통과되었다. 역시 이쪽에서는 공격할 수 없는 것이다. 제기랄. 어쩌지. 이대로는 환영도 지상으로 나와 유우키는 운동복을 빼앗기고 말 것이다. 쓸데없이 저항하지 말고 얼른 도망칠걸, 이라고 후회했다. 뭔가 방법이 없을까. 반격할 방도가 없을까. 유우키는 주변을 재빨리 둘러보다가⋯⋯ 덮개 문에 달린 문제에 주목했다.

Q?? 이 문제는 몇 번 문제일까? 숫자 키패드로 입력하시오.

오답 페널티: **이 방의 천장이 낙하한다**.

생각하기도 전에 먼저 손이 움직였다.

아무렇게나 번호를 입력하고 엔터 키를 눌렀다.

유우키는 덮개 문에서 멀어져 가까운 문으로 쏜살같이 달렸다. 슬라이드식 문을 열고 옆 방으로 뛰어들어 돌아보니 환영이 덮개 문을 열고 지상으로 나오려고 하고 있었다.

그러나 **오답 페널티로 인해 천장이 바닥에 다가오고 있는 것을 목격하자,** 곧바로 덮개 문을 닫고 지하로 돌아갔다.

쿵, 하는 뱃속까지 울리는 낙하음이 울렸다. 그 후 천천히 천장이 올라가는 것을 보는 한가로운 짓은 물론 하지 않고 유우키는 출구를 향해 달렸다.

예전 일에 대한 **복수**였다. 이걸로 몇 초는 벌었을 것이다. 그렇게 생각한 유우키는 뿌듯해했다. 달리면서 뒤를 돌아보고 확인했지만 환영의 모습은 없었다. 떼어놓는 데 성공한 것 같았다.

문에서 문으로, 방에서 방으로, 유우키는 도주했다.

"놓칠까 보냐!"

그런 와중 환영의 목소리가 들렸다.

"이런 걸로 도망칠 수 있을 줄 알았어? 끝낼 수 있을 줄 알았어? 무리야! 이런 시시한 결말을 너 자신이 용납하지 못할걸! 그럴 텐데! 이번에는 당해도 언젠가 또 다른 모습으로 나타나 너를 잡겠어. 지옥에 끌고 가 주겠어!"

"입으로만 떠들지 말고…… 실제로 잡아봐!"

유우키는 딱 한 마디로만 응수해 줬다.

스타트 지점이었던 방에 도착했다. 들어가자마자 벽에 적힌 규칙이 일부 사라진 것을 유우키는 눈치챘다. 제대로 확인할 시간은 없었으나 아마도 〈폭력 금지〉 항목일 것이다.

출구의 문은 이미 열려있었다. 바깥 풍경이 보인다. 널따란 공터에 에이전트의 검은 차가 세워져 있다. 조금만 더 가면 된다. 앞으로 열 걸음도 안 될 곳까지의 길을 유우키는 달려가려고 했지만…….

그런데 그 전에.

유우키는 **머리채를 붙잡혔다**.

"……윽!"

유우키의 두피에 통증이 일었다.

착각이겠지만 유우키에게는 현실이다. 뒤쪽에서 힘을 받아 걸음이 멈추고 말았다.

"자, 봐. 이게 결과야."

유우키의 바로 뒤에서 환영이 말했다.

마음속 깊이 기뻐하는 목소리. 천박한 기쁨을 띤 목소리였다.

"나를 떨쳐내지 못할 거라 생각하는 거야. 마음속 깊이. 그러니까 이렇게 되는 거야. 틀려?"

그렇게 말하며 환영은 유우키의 머리를 꽈악 잡아당겼다.

그 때문에 유우키의 머리가 뒤로 젖혀지며 체중이 뒤쪽으로 쏠렸다. 다리를 앞으로 내밀 수가 없었다. 조금만 더 가면 되는데 환영에게 붙잡히다니 일전의 도망극과 비슷한 상황이었다. 그때는 우수한 에이전트가 어떻게든 해줬지만 여기에 그녀는 없다. 스스로 어떻게든 해야 한다.

"아니, 야……."

유우키는 신음 소리를 섞어 대답했다.

"이렇게 된 건…… **확실한 정리**가 필요해서야!"

농후한 존재감을 내뿜는 등 뒤의 환영을 향해 유우키는 생각했다.

그렇게 그게 필요하다면, 줄게.

천국이든, 지옥이든, 어디에든 가져가렴.

"으, 으……."

유우키는 목에 힘을 줬다.

머리를 잡아당기는 환영과 힘겨루기를 시작했다. 아까는 졌지만 이번에는 질 수 없었다. 유우키는 이를 악물고 머리를 10도나 20도 기울이기 위해 가진 모든 힘을 썼다. 얼굴에 엄청난 힘이 들어가 일그러져서 괴물 같은 형상이 되어가는 것이 스스로도 느껴졌다. 방 귀퉁이에 설치된 감시 카메라를 떠올리고 가능하면 보지 마, 이런 나를 제발 보지 마, 그런 생각이 상황에 맞지 않게 머릿속에 떠올랐다.

유우키는 마음속에서 맹세했다.

이렇게 추한 모습을 보이는 것은 정말로 이번이 마지막이다.

"……으아아아아아아아!!"

소리를 지르며 유우키는 발을 앞으로 내밀었다.

한 걸음만, 전진하는 데 성공했다.

한 걸음만, 환영을 끌고 가는 데 성공했다.

(37/44)

딱, 한 걸음만.

그러나 그 한 걸음에는 커다란 의미가 있었다. 왜냐하면 그것은, 유우키뿐 아니라 등 뒤의 환영도 **사선이 그어진 영역의 바닥**에 발을 들이민 꼴이 되었기 때문이다.

골 바로 앞의 바닥에는 사선이 그어져 있다. 플레이어에게 경고하기 위한 것이다. 그리고 좌우에는 페널티의 집행자인 무시무시한 총기가 설치되어 있었다. 운동복을 입지 않고 사선의 영역에 들어오면 쏴 죽일 것이라고 유우키는 추측하고 있었다.

그 추측이 지금 확인될 것이다.

"너…… 이 녀석……."

사태를 파악했는지 환영은 유우키를 끌어당기려고 했다.

그러나 유우키는 필사적으로 버텼다.

그렇게 하는 동안 좌우 두 대의 총기가 움직였다. 유우키보다도 살짝 뒤, 즉 규칙 위반을 범한 환영 쪽을 조준했다. 환영의 모습은 게임 관리자 측에는 보이지 않겠지만 서로 잡아당기는 분위기를 유우키가 보였기 때문에 맞춰 줄 것이다.

하지만 거기까지.

그 총이 불을 뿜는 일은, 없었다.

당연하다. 그것은 즉, 유우키를 향해 발포하는 것이기 때문이다. 분명히 살짝 뒤쪽을 조준하고 있었지만 **흔들릴** 우려가 있었다. 환영과의 대결을 표현하기 위해서라지만, 진짜 게임과 동등한 설정이라지만, 이렇게까지 하는 건 무모하다.

그러나 그렇게 안 하면 곤란한 것이다.

그 정도는 해주지 않으면 이 바보 같은 이야기는 끝나지 않는다.

"……쏴."

그래서 유우키는 말했다.

"쏴! 주저하지 마!!"

(38/44)

"—쏴! 주저하지 마!!"

유우키의 목소리가 모니터를 통해 별실에 울렸다.

그것을 듣고 링링은 의자에서 등을 떼며 에이전트에게 물었다.

"왜 그래?"

"……그게…… 그……."

에이전트는 어쩔 줄 몰라 하는 목소리로 답했다.

"유우키 씨…… 멈춰 서 있어요. 출구 부근의 사선이 그어진 지역에서……."

"환영에게 붙들렸다는 거야?"

"그런 것 같아요. 그래서…… 그 환영도 지역에 들어와 있으니 〈쏴〉라고……."

"……."

링링은 머릿속에서 정경을 그리고 있었다.

그러자 순식간에 웃긴다는 생각이 치밀어 올라서 「후, 후

후……」하고 손으로 입을 막은 채 몰래 웃었다.

그러나 그걸로는 발산이 다 되지 않아 서서히 웃음소리가 커졌다. 조금이라도 긴장을 풀면 큰 웃음을 터뜨릴 것 같았다. 온화한 언니라는 자신의 캐릭터를 지키기 위해 그것만은 하지 말아야지, 하고 링링은 필사적으로 참았다. 터질 듯한 유쾌함을 몸속에 담아둔다.

규칙 위반을 근거로 환영을 쏴 죽인다.

그렇다, 이것이 플레이어다. 잘 알고 있네.

"그래서…… 어떻게 하고 있어, 지금?"

링링이 물었다.

"조준하기는 했습니다. 하지만…… 어떻게 하죠……?"

"어떻게 할지는 에이전트 씨한테 달렸지, 물론."

링링은 일어섰다.

목소리가 들리는 방향으로 에이전트가 모니터 앞에 앉아 있는 것은 알고 있었다. 그녀의 양쪽 어깨에 뒤에서 가만히 손을 올렸다.

"어떻게 해주고 싶어?"

에이전트는 대답하지 않았다.

그러나 주저하는 감정이 일고 있음을 느꼈다. 그도 그럴 것이다. 발사하면 자신의 담당 플레이어를 쏴 죽이게 될지도 모르는 것이다. 물론 노리는 것은 환영이지만 불행한 사고가 발생할 가능성도 충분히 있다. 그저 환영을 말소하기 위해서, 유우키의 무의식에 영향을 주기 위해서 거기까지 리스크를 질 필요가 있을까? 그렇게 생각하는 것도 무리는 아니다.

안쓰럽네, 라고 링링은 생각했다. 견딜 수 없을 정도로 유쾌한 기분이 들었다.

"못 하겠으면 내가 대신 쏴줄까?"

링링은 에이전트의 귀에 속삭였다.

하지만 그녀는 어깨의 움직임으로 느꼈을 때 고개를 저었다.

"……아니요. 제가, 하겠습니다."

그리고…….

(39/44)

폭력적인 빛과 소리가 작렬했다.

(40/44)

그 순간, 유우키는 시간이 느려진 것처럼 느꼈다.

플레이어에게는 곧잘 있는 일이다. 마지막의 마지막 순간, 예고도 없이 감각이 예리해져 모든 것을 알게 된다. 자기 몸 상태, 적 플레이어의 움직임, 이미 회피할 방도가 없는 재난조차도, 전부.

연기를 꼬리처럼 끌며 날아오는 총탄들을 유우키는 분명히 봤다.

맨 첫 발은 유우키의 목을 스쳤다. 날카로운 통증이 일었다. 하지만 그 예리함이 깊은 상처는 아니라는 점을 알려주었다. 아프다는 신경 신호가 전달하는 속도보다 총탄의 속도 쪽이 훨씬 빨랐을 텐데 〈아프다〉고 느끼는 건 왜일까— 묘하게 냉정해진다. 뇌 내에서 시간 순서를 능숙하게 보정하고 있는지도 모른다. 환각을 보는 것과 마찬가지로…….

다음 한 발은 유우키의 어깨를 뚫었다. 유우키의 피부는 물론 운동복의 어깻죽지까지 쫙 찢어진 것을 알았다. 닳도록 입은 운동복이었지만 크게 손상되는 건 이번이 처음이다. 그 한 발뿐 아니라, 다음에도, 그다음에도, 유우키와 함께 운동복은 손상되어 갔다. 모처럼 되찾은 자기 동지인데, 이래서야 새로 사야 할지도 몰랐다.

어떤 한 발은 유우키의 뒷머리로 파고들었다. **싹싹** 말려들며 빠져나갔다. 가느다란 실뭉치에 불과한 머리카락을 뚫는 건 당연히 불가능하지만, 열과 마찰은 전해진다. 닿은 부분은 타들어 떨어진다. 그것을 유우키는 알고 있었는데…… 그래도 **왜** 맞을까? 앞쪽의 총기에서는 유우키의 뒷머리를 노리기 어려울 터였다. 그것도 한 발만이 아니라 다수의 총알이 유우키의 머리카락을 통과하는 감촉이 있었다. 어떻게 된 거지? 마치 환영이 **진짜 머리를 잡아당기고 있어서** 맞추기 쉬워진 것 같지 않은가.

어떤 한 발을 기점으로 유우키를 뒤에서 잡고 있던 힘이 사라졌다.

환영에게 대항해서 힘을 주고 있던 유우키는 앞으로 고꾸라졌다. 무릎을 부딪치고 바닥에 손을 대고, 그리고—.

거기서 시간 감각이 정상으로 돌아왔다.

투다다다다다, 하고 이어지는 총성이 들렸다.

"……윽……."

탄내를 느끼며, 유우키는 뒤돌아봤다.

거기에는 머리카락이 흩어져 있었다. 유우키의 머리카락이다. 긴 것도 있는가 하면 짧은 것도 있다. 뒤에 손을 대자 머리카락 곳곳이 지그재그가 되어 있었다. 상당히 많이 날아갔다. 그 범인인 대량의 총탄과, 탄피와, 유우키의 상처에서 흘러나온 하얗고 폭신폭신한 것을 확인할 수 있었다.

그뿐이었다.

누구의 모습도, 없었다.

누구의 시체도, 없었다.

(41/44)

별실에서 에이전트는 태블릿을 조작했다.

페널티용 총기를 동작시키기 위한 것이다. 쏴야 할 표적이 사라진 것 같아서 좌우 양쪽을 디폴트 각도로 복구시켰다.

그리고 깊은 한숨을 내쉬었다.

온몸이 땀범벅이 되고 핏기가 가셨다. 자연히 손은 입가를

틀어막고 있었다. 완전히 토할 것 같을 때의 포즈였고 실제로 속이 울렁거렸다. 링링과 조달꾼이 같은 방에 없었다면 토했을지도 모른다.

다행이다, 유우키를 죽이지 않고 끝났다. 몇 발인가 맞았지만 큰일은 나지 않았다. 정말로 마음속 밑바닥에서부터 첫 게임에서 살아남았을 때보다 깊이, 에이전트는 안심한다.

"수고했어."

에이전트의 어깨를 링링이 두드렸다.

기척에서 일이 끝났음을 파악한 것이리라.

"감사합니다……."

에이전트는 그렇게 답하고 휘청거리며 일어섰다. 유우키를 마중하러 가기 위해서다.

"조금 쉬고 가는 게 어때? 지친 것 같은데."

링링은 그렇게 말해줬지만 「아니요, 제 업무, 니까요……」라고 답했다.

모니터 안의 유우키의 상태를 보아하니 환영은 사라진 듯했다. 이 게임의 〈규칙〉이 녀석을 소멸시킨 것이다. 그러나 만약 유우키를 기다리게 한다면, 진짜 게임이라면 있을 수 없는 그런 처우가 이어진다면 어쩌면 그녀의 무의식이 판정을 뒤집고 환영이 되살아날지도 모른다. 그런 우려를 떨쳐내기 위해서 어서 데리러 가고 싶다, 그런 속내를 전부 말할 만큼의 기력이 없었기에 에이전트는 이 이상 아무 말도 하지 않고 별실을 나가 복도를 걸었다.

넘어지지 않도록 한 걸음 한 걸음 밟듯이 나아갔다.

그러면서 마음이 진정되어 온다.

“……**그건**…… 뭐였을까……?”

그리고 마음속에 품고 있던 의문을 입에 담았다.

그것은 방금 전의 일이다. 골 바로 앞에서 유우키는 멈춰 서서 환영과 힘겨루기를 하고 있었는데 그런 그녀의 머리카락이 기묘하게 움직이고 있었던 것이다.

구체적으로는 부자연스러울 정도로 쭉 뻗어 있었다.

마치 **누군가가 뒤에서 잡아당기고 있는 듯이**…….

(42/44)

물론, 거기에는 아무도 없었다. 유우키 한 명뿐이었다.

그러나 환영이 한 짓이라고 여길만한 것이 단순한 착각이 아니라 현실적인 현상으로서 에이전트의 눈에도 보인 것이다. 환영을 정확히 저격할 수 있었던 것은 그 덕분이었지만 그래도 그건 대체 어떤 현상이었던 걸까?

바람에 날리고 있을 뿐이었을까? 그럴 것이다. 물리적으로는 그렇게밖에 볼 수 없었다. 출구의 문은 열려있었으니 바람이 불어왔다고 해도 딱히 이상할 것은 없었다. 건물 안팎의 기압 차 같은 걸로 국지적인 돌풍이 발생한 것이다. 머리카락이

심하게 팽팽하게 당겨진 것처럼 보인 건 모니터상으로 그렇게 보였을 뿐, 실제로는 흔들거렸을 것이다. 그럴 것이다. 그렇다고 믿고 싶다.

진짜 심령 현상이었다고는 생각하고 싶지 않았다.

환영 이야기로도 이미 충분했다. 이 이상의 트러블은 사절이었다. 그냥 바람. 그것이 분명하다. 에이전트는 자신에게 들려줬지만…….

—수고하셨습니다, 세츠나 씨.

귀에 들려온 목소리에 에이전트는 화들짝 놀랐다.

주변을 둘러봤다.

없다. 아무도. 유령 같은 플레이어의 모습은, 체육복 차림의 건방진 플레이어의 모습은 어디에도 없었다.

"……."

에이전트는 땀으로 흠뻑 젖은 얼굴에 손을 갖다 댔다.

지쳐서 그런 거라고 믿기로 했다.

(43/44)

유우키는 바깥으로 나갔다.

건물 밖은 공터였다. 인공물은 거의 보이지 않았다. 에이전트의 것인 듯한 차량과, 바로 지금 유우키가 나선 건물과, 그리고 그 옆에 있는 또 한 동의 건물이 있는 정도였다. 거기서 게임 관리를 했던 것일까. 또 하나의 게임도 저기서 이뤄진 걸까. 그런 것은 잘 알 수 없었다.

유우키는 그저 건물 뒤편에서 에이전트가 나오는 것을 봤다.

에이전트 쪽도 곧바로 유우키를 발견한 듯 자동차 쪽을 손가락으로 가리켰다. 그 동작이 지시했던 바대로 유우키는 차량으로 걸어갔다. 다리에 맞은 탄환은 다행히 없어서 문제 없이 걸을 수 있었다.

"아…… 맞다."

유우키는 그렇게 중얼거렸다.

할 말이 생각난 것이다. 한동안 안 쓴 것 같은, 그 말. 그녀를 플레이어로서 살해했기에 말해주자. 최소한의 의식으로서…….

"굿 게임."

유우키는 공중을 향해 말했다.

조금 기다려 봤지만 아무도 대답하지 않았다.

그래서 「굿 게임」이라고 유우키는 스스로 답해줬다. 그 행위가 일으킨 야릇한 기분에 간지러운 표정을 지었다.

(44/44)

3. 포스트워 프로세스

(0/3)

환영과의 일대일 승부 게임 〈스노우 게임〉이 막을 내렸다. 아슬아슬한 국면까지 내몰렸던 유우키였으나 이번에도 겨우 생환해 돌파할 수 있었다.

그러나 슬픈 희생도 세 가지 정도 있었다.

첫 번째는 유우키의 왼쪽 팔. 진실의 입에 먹혀 잘려 나갔다. 〈스노우 룸〉은 운영진이 주도한 게임이 아니므로 어쩌면 이대로 지내게 되지 않을까, 그렇게 두려워했던 유우키였으나 클리어 후 에이전트의 차에 태워져 수면제를 먹고 잠이 들어 집에 돌아온 다음에 눈을 떴을 때는 이미 완치되어 있었다. 운영진의 의료 지원을 이용할 수 있었던 건지, 아니면 주변 업계 인간에게 의뢰해서 붙인 것인지. 세부 사항은 알 수 없었지만 에이전트가 이번에도 잘 처리해 준 것 같았다. 운 좋게도 뛰어난 파트너를 만났다고 유우키는 거듭 생각했다.

두 번째는 유우키의 운동복. 총탄에 숭숭 관통되어 구멍투성이, 찢어진 곳투성이가 되어 버렸다. 에이전트가 게임 의상에 항상 그러하듯이 솜씨를 다 해 복구를 해보려 했지만 안 그래도 낡아서 누더기 수준이었던 운동복을 여기저기 기워 부활시킨 그 꼬락서니가 보기에 딱해서 평소에 입고 싶지 않았다. 새로 살 수밖에 없나, 라고 유우키는 냉철한 판단을 내렸다. 뭐, 그렇다고 해도 버리지 말고 옷장에는 걸어 주자, 그렇게 생각했다.

그리고 세 번째는 유우키의 뒷머리였다. 이것도 총탄에 관통당해 여기저기가 타서 끊어졌다. 이쪽도 이쪽 나름대로 보기에 딱한 상태였다. 머리카락을 잃는 것은 유우키에게 첫 경험은 아니었다. 29회차 게임에서 두피까지 머리카락이 녹아 인공의 머리카락을 이식했다. 이번에도 똑같이 하려고 하면 가능하다고 에이전트가 제안해 줬으나 그와는 다른 해결책을 선택하기로 했다.

그래서 게임 다음 날, 에이전트는 유우키의 집에 찾아와 〈그것〉을 실시하기 위한 준비를 했다. 구체적으로는 세 평짜리 방 위에 가죽 시트를 깔아 그 위에 의자를 둔 뒤 유우키를 앉혀놓고 목 주변에 케이프를 걸친 후, 가위를 든 에이전트가 뒤에 섰다.

이 상태로 개최되는 행사는 세상에 한 종류밖에 없다.

"……정말로 괜찮으신 거죠, 유우키 씨?"

모든 준비를 마친 에이전트가 물었다.

"**자르는** 것 말고, 원래 길이로 되돌릴 수도 있어요."

에이전트가 머리카락을 만지는 것이 느껴졌다.

그녀가 말한 대로 유우키는 에이전트에게 머리 정리를 부탁했다. 마침 좋은 기회라서 짧게 정리하기로 한 것이다.

두 번 다시 뒷 머리채를 잡히지 않도록…….

"확 잘라주세요."

유우키는 대답했다. 잘린 머리카락이 떨어져도 괜찮은, 누더기가 된 운동복을 입고 있었다. 이 옷의 마지막 업무였다.

"그냥 정리만 하지 말고 더 짧게 해주셔도 좋아요. 인상도 바꾸고 싶고."

"그런 수준의 헤어 커트를 제게 맡겨도 될까요? 경험이 없는데요."

"하지만, 달리 부탁할 사람도 없는걸요."

이런 상태의 머리로 평범한 미용실에 가는 건 아마도 바람직하지 않을 것이다. 플레이어 전문 미용사가 존재할지도 모르지만 유우키는 몰랐다. 가령 있다고 해도 가능하다면 아는 사람에게 맡기고 싶은 유우키였다. 날붙이를 든 낯선 사람이 오랜 시간 뒤에 서 있다는 체험은 플레이어에게 그다지 유쾌한 일이 아니기 때문이다.

"실패해도 괜찮으니 편하게 잘라주세요."

"……알겠습니다."

그렇게 해서 유우키의 머리에 가위가 닿았다.

머리를 자르는 와중, 유우키는 에이전트와 여러 대화를 나눴다.

"이번에는 감사합니다, 에이전트 씨. 힘드셨죠, 아마도……."

"네, 그랬지요."

"두 번 다시, 이런 일은 없을 겁니다. 부디 앞으로도 잘 부탁드려요."

"저야말로."

더 생활감 넘치는 대화도 했다.

"그러고 보니 이번 게임 자금은 어디서 나온 거죠?"

"……제 지갑이죠. 물으실 것도 없이."

외딴섬 모의 게임 때도 그 준비금은 유우키의 지갑에서 나왔다. 이번에도 상당히 큰 규모로 준비했기에 예산도 상당히 많이 들었을 것이다.

"다음 게임까지 조금 절약하실 필요가 있을지도 모르겠네요."

에이전트는 대답했다. 게임 상금은 운영진이 관리하는 비밀계좌로 입금되므로 유사시에는 그녀가 대신 관리할 수 있었다.

옛날이야기도 했다.

"그러고 보니 최근에 처음 게임을 시작했을 때가 생각났어요. 에이전트 씨가 아직 제 에이전트가 아니었을 때요."

"네……."

"특히 1회차 게임이 기억에 남아 있어요. 당시의 저는 목숨을 건 게임이라는 걸 몰랐거든요. 함께 플레이했던 사람이…… 이름은 까먹었네…… 있었는데, 그 사람의 설명이 모호해서 잘 이해를 못 했어요."

"이런…… 죄송했습니다."

"……?"

조금 묘한 대답이라는 생각에 유우키는 미간을 찌푸렸다.

"아아, 그렇네요. 제대로 모든 플레이어에게 목숨이 걸렸다고 사전에 알려 줘야죠. 공평하지 않잖아요."

그런 대화를 나누다 보니 이발이 진행되어 그럭저럭 완성될 모습이 예상되었다. 지금까지는 큰 사고가 나지 않았다.

“이따가 누구랑 만날 거예요.”

유우키는 그렇게 말했다.

“오늘 밤, 지인과 만날 약속을 했어요.”

“네……?”

생각보다 책임이 컸음을 깨달은 에이전트의 손이 멈췄다.

“그랬나요? 누구죠?”

유우키가 이름을 말하자 「……왜, 그 사람과?」라고 에이전트가 물었다.

“고맙다는 인사를 드려야 하잖아요?”

(1/3)

이발을 마치고 유우키는 에이전트와 헤어졌다.

집을 나서서 약속 장소로 향했다. 에이전트에게 데려다 달라고는 하지 않았다. 사적인 교류에는 항상 자기 발로 다니기로 정했다. 시간적으로 충분히 여유가 있었기에 유우키는 늦지 않게 그 장소에 도착할 수 있었다.

매직바였다.

항상 만나는 장소로 이래저래 상당히 여러 번 왔다. 가게에 들어서자, 이미 만나기로 한 상대가 있었다. 「여어」하고 심플

하게 인사해 왔다.

"안녕하세요, 스승님."

유우키는 그렇게 대답했다.

하쿠시. 유우키의 스승이자 95회차 클리어를 기록한 전설적인 플레이어. 군살이 없는 늘씬한 스타일이 특징으로 은퇴한 후 긴 시간이 지난 지금도 그 모습에 손색은 없었다.

유우키는 하쿠시의 옆에 앉았다. 유우키는 소프트 드링크를, 하쿠시는 무엇인지 정체를 알 수 없는 이름이 긴 술을 주문했다. 이번에는 마술 감상을 하지 않고 하쿠시가 먼저 물어왔다.

"그래서, 무슨 일이야?"

"감사 인사를 드리러 왔어요. 오랜만에 연습 상대가 되어 주셨으니까요."

"……역시, 너였구나."

납득한 듯 하쿠시가 말했다.

"아. 역시, 상대는 스승님이셨군요."

납득한 듯 유우키도 말했다.

"응?"

"네?"

이야기가 꼬인 것 같았다.

"저기…… 스승님, 어떤 식으로 들으셨어요? 이번 이야기."

"연습용 게임을 만들었으니 그 테스트 플레이를 해달라는 요청이었어. 또 하나의 게임 현장에 대전 상대가 있다는 건 알았지만, 너인 줄은 몰랐지."

"아…… 그랬군요."

협조자에게 줄 정보는 그 정도가 타당할 것이다. 대전 상대가 유우키라든가, 환영이 어떻고 하는 이야기까지 전달하는 것은 현명하지 않다.

"네가 나를 부른 건 아니야?"

"아니요. 아마도 링링 씨의 선택이에요. ……링링 씨는 만나셨나요?"

"그래. 상당히 괴롭힘을 당했지."

"괴롭힘을 당해요? 스승님이?"

"그쪽이 선배니까. 역학 관계로는 그렇게 되지."

이런 거물이 괴롭힘을 당하는 모습을 유우키는 상상해 보았다. 그러나 전혀 이미지가 떠오르지 않았다.

"그러면, 서로 상대의 정체를 몰랐던 건가요?"

"그리고 어쨌든, 서로 상대의 정체는 눈치채고 있었지. ……어떻게 나라는 걸 알았어? 게임이 끝난 뒤에 들었나?"

유우키는 고개를 저었다.

"뭐, 그냥 그럴 것 같았어요. 제게 최악의 상대는 누굴까……하고 생각해 보니, 스승님의 이름이 떠올랐죠."

실제로는 조금 더 복잡하게 추측했지만 그것은 숨겨 두기로 했다. 환영의 이야기를 스승에게 하고 싶지 않았기 때문이다.

"그나저나 스승님. 마지막 문제였던 그거 말인데요."

유우키는 화제를 바꿨다.

"보석 상자가 안 열렸다……는 건 함정에 빠지신 거죠? 그 유리가 트랩이라는 걸 모르셨나요? 아니면 일부러 떨어졌나요?"

"물론 일부러지. 일방적인 게임이라 시시해서, 조금 핸디캡을 줘야겠다고 생각했는데……. 너무 심하게 준 것 같아."

하쿠시는 시원하게 답했다.

유우키는 눈을 게슴츠레하게 떴다.

"거짓말. 그렇게 할 사람이 아니잖아요, 스승님은."

하쿠시는 대답하지 않았다. 그러나 조금 분한 듯한 표정이 모든 것을 말해주고 있었다.

하쿠시는 솔직하게 말을 꺼냈다.

"한심하지. 한동안 편하게 지내다 보니 그런 꼴이 됐어. 유리를 제대로만 관찰했다면, 가운데 갈라진 부분을 확인할 수 있었을 거야. 붕괴하는 게 아니라 열린다, 즉 트랩이라는 걸 알아챘을 텐데. 주의가 산만했다고 할 수밖에 없어."

"하지만 그건 어떻게 해야 했을까요? 보물 상자에 매달려 입력한다든가?"

"함정은 피할 수 있었을지도 모르지만, 그 후에 건너편으로 점프하는 건 내 몸으로는 무리야."

"그럼, 어떻게……."

"**창**을 사용하는 거지."

스승 나름대로 검토한 것인지, 금방 답이 돌아왔다.

"마지막 문제 가까이에 창이 쏟아지는 덫이 있었지? 총길이는 2미터 정도 될 거야. 함정 폭보다 길지. 그걸 써서 엔터 키를 누르고, 보물 상자를 열어 아이템을 꺼낸다."

"창은 무겁잖아요? 스승님은 다룰 수 있으세요?"

"무거운 건 창의 끝부분이잖아? 공격을 목적으로 하는 게 아니니까, 때려 부수든지, 또는 창끝 쪽을 들면 되지. 그래도 길이는 충분해."

"흐음……."

유우키는 이해하려다 다시 궁금한 점이 생겼다.

"어, 하지만 운동복과 스니커즈는 그걸로 꺼낸다 해도, 머리 장식은 어떻게 회수하죠? 창으로 꺼낼 수는 없을 거예요."

"머리 장식? 무슨 이야기야?"

"네?"

하쿠시는 유우키의 앞머리에 꽂혀 있는 머리 장식을 쳐다보고는 말했다.

"아아……. 혹시 네 쪽은 그걸 회수하는 게임이었던 건가?"

"스승님 쪽은 달랐나요?"

"달라. 왕관이었어. 그것도 게임 전에 실물을 봤지. 뚜껑 부분이 없는 통 모양의 왕관이었으니까, 창을 통과시켜서 스으윽 미끄러지게만 하면 손에 넣을 수 있었지. 그거라면 내 힘으로도 클리어할 수 있었을 거야."

과연, 하고 유우키는 생각했다. 제대로 공략할 방법은 마련되어 있었던 것이다.

"나도 하나 물어볼게. 그 머리는 뭐야? 딱 보면 방금 자르고 온 것 같은데."

"어…… 어떻게 아셨죠?"

"옷에 머리카락이 붙어 있어."

하쿠시의 엄지가 가리킨 끝을 보자 옷깃에 짧은 머리카락이 붙어 있었다. 자르고 왔다는 것을 분명히 알 수 있는 흔적이다.

유우키는 그것을 털어내며 대답했다.

"여러 가지 일이 있어서."

"내게 말 못 할 내용인가?"

"뭐, 그렇죠. 창피하다고 해야 하나, 뭐라고 할까……."

하쿠시는 잔을 기울이며 한마디 했다.

"여전히 바보짓을 했나 보구나."

한 종류의 어휘로는 설명할 수 없는 표정으로 「네, 맞아요」라고 유우키가 대답했다.

(2/3)

유우키는 매직바에서 나와 귀로에 섰다.

갈 때와 마찬가지로 돌아올 때도 전철을 타기로 했다. 머리가 짧아져서 드러난 목에 밤바람이 닿는 것을 느끼며 역으로 향했다.

역 가까이와 구내에는 사람들이 많이 있었다. 러시아워는 지났지만 아직 사람들의 사회 활동이 한창인 시간대다. 바깥에서 역으로, 역에서 바깥으로, 역에 병설된 음식점으로, ATM으로, 각각의 목적이 복잡한 인파를 만들고 있었다. 그것을 빠져나와 유우키는 개찰구로 향하려 했는데—.

"……어?"

거기서 문득 깨달았다.

알겠어.

보인다. 인파의 움직임이. 외눈이라 원근감이 사라졌을 시야로 아무와도 부딪히지 않고 당연한 듯이 걷고 있었다.

그러고 보니 오랫동안 외눈박이의 시야에 불편을 느끼지 않았다. 일상생활에는 원래 문제가 없었지만 이런 복잡한 상황은 불편했을 터다. 게다가 환영과의 사건으로 일상생활에서 벗어난 행위를 여럿 겪었다. 거리 한복판을 달린다든지, 트랩을 피한다든지. 한쪽 눈만 보이면 일어날 수 있는 실수가 한 번도 없었던 것은 왜일까?

"……."

유우키는 시험해 보고 싶어졌다.

가만히 **왼쪽 눈을 감고** 인파 속을 걸었다.

클릭 음은 울리지 않았다. 옆에서 들으면 혀를 끌끌 차는 것처럼 들려서 너무 울리고 싶지 않았다. 가령 울린다고 해도 이렇게까지 복잡한 사람의 움직임을 다 읽어낼 수는 없을 것이다.

그런데도 유우키는 문제없이 걸었다.

마치 무술 달인이 쏟아지는 화살 속을 태연히 걸어가듯이 아무에게도 부딪히지 않고 매끄럽게 인파를 빠져나갔다. 지갑에서 IC 카드를 꺼내 개찰구에 갖다 대고 지나는 것까지 시야에 의존하지 않고 해냈다.

유우키는 뒤돌아서 개찰구 앞의 인파를 봤다. 지금 뭘 했지? 나는 어떻게 저길 빠져나왔을까? 주변의 행인들이 길을 터준 것은 아닐 것이다. 왼쪽 눈은 감았지만 오른쪽 눈은 뜨고 있었다. 안 보인다고 확신할 수 없었을 텐데. 행인들이 만들어 내는 기류를 읽어내기라도 한 걸까? 이, 조금 민감해진 몸으로…….

모르겠지만 뭔가 했다.

진화하고 있었다. 유우키의 감각 능력이…….

그도 그런가, 유우키는 그렇게 생각했다. 어쨌든 나는 존재하지 않는 인간과 싸운 것이다. 날고, 뛰고, 떠들고, 게임을 플레이하는 것까지 상상했다. 그 체험이 유우키의 감각 능력을 단련해 한 단계 위로 끌어 올렸다.

그 사실이 뭐랄까, 점점 더 유우키의 가슴 속에 복잡한 감정을 부여했다. 나쁜 음식이라는 말이 머리에 떠올랐다. 이런 경험까지 양식으로 삼는 것인가, 나라는 인간은……. 제자를 죽이고, 환상을 보고, 괴로워하고, 플레이어로서 한 층 성장했다고? 인간의 마음이라는 것은 상당히 자기중심적임을 알았다.

기분이 복잡한 채로 전철에 타고는 자기 집에서 가장 가까운 역에 내렸다.

밤길을 터벅터벅 걷는다.

그 도중에 써야 할 말이 아직 남아 있음을 유우키는 깨달았다. 〈굿 게임〉은 이미 말했지만 이쪽도 말해두자고 생각했다. 게임이 끝나면 말해도 된다. 그것이 규칙이다. 때로는 환영이 되어 유우키에게 어금니를 드러내기도 하지만 거기서 구원해주는 것 또한 규칙이다. 이번에도 그것을 따르기로 했다.

"미안해."

누구에게랄 것도 없이 유우키는 중얼거렸다.

물론 아무도 대답하지 않았다.

(3/3)

| 작가 후기

안녕하세요, 우카이입니다.

『사망 유희』 6권을 읽어 주셔서 진심으로 감사드립니다.

죄송합니다, 개인적인 이야기라 송구스럽지만 비교적 아슬아슬한 상황에서 이 글을 쓰고 있어서 대체 무슨 말을 할지……. 이번 이야기를 만들 때 『노인과 바다』나 『문자 재앙』 등을 읽으며 썼던 것을 기억합니다. 본편에 활용된 것 같기도 하고 아닌 것 같기도 하고……. 일에 지나치게 몰입하면 역으로 뭐가 뭔지 알 수 없게 된다는 것은 어느 세계에나 있는 일이고, 유우키의 경우에도 슬슬 그런 시기에 돌입했다는 생각에 그런 것을 표현하고 싶어 테마는 『자신과의 싸움』으로 정했답니다.

자신과의 싸움이라고 하면 자칫 추상적인 전개가 될 수 있는 테마이지만, 이건 역시 게임 소설이므로 규칙이 있는 결투라는 형태로 구성했습니다. 마치 요괴를 부적이나 주문으로 결계로 봉인하듯이 환영을 규칙으로 구속하여 박멸한다……. 이런 것을 현실 세계에서는 절대 시도해서는 안 되겠지만 너무나도 플레이어다운, 살인 게임 전문가다운 해결 방법입니다. 그런 『사망 유희』 6권, 즐겁게 보셨다면 다행이겠습니다.

살인 게임이라는 카테고리에서 벗어나고 있는 이야기를 읽어 주고 계신 편집자 O씨와 네코메타루 선생님께는 매번 마음을 가득 담아 감사를 드립니다. 각 방면의 여러분께 신세를 지고 있는 작가입니다. 정말로 고맙습니다. 정말로…….

그럼……『사망 유희』 7권에서 또 뵐 수 있을까요……?

| 역자 후기

누구나 자기 안의 여러 자아와 공존합니다. 후회, 슬픔, 분노, 기쁨……. 온갖 경험과 그때의 감정이 결합해 형태와 때로는 이름을 갖추는 것 같은 착각이 들 때가 있습니다.

이번 번역을 진행하며 제 작업이 〈스노우 룸〉 게임 같다는 생각이 들었어요. 번역해야 하는 나와, 다른 일을 해야 한다는 나의 싸움.

근래 들어 해야 할 일들이 늘어, 제각각의 일을 우선하고 싶은 자아가 분리되는 듯한 기분이 이어지더군요. 등을 떠밀리고, 머리채를 잡히고.

그런 와중에 이 작품을 번역하다 보니 상당히 뛰어난 삶의 메타포로구나, 하고 모종의 패턴처럼 비슷한 감탄사를 입에 담게 됩니다. 그럼에도 작가님의 후기는 어쩜 이리 겸허하신지.

묘하게 진중하고 겸손하며 날로 타인에 대한 존중을 배워가는 유우키는 작가님의 내면 일부를 반영한 페르소나가 아닐까,

하는 생각을 해봅니다.

이 천재적인 소설의 만화판도 다소 색다른 연출로 여러분 곁을 찾아갈 예정입니다. 단순한 재미 이외에도, 절체절명의 위기 국면에서 떠올릴 수 있는 교훈을 주는 훌륭한 작품이기에 만화판도 자신 있게 권해드리고 싶습니다.

이번에 나는
사망 유희로 밥을 먹으면서
한편으로 삶의 이야기를 새긴다.
이번에 나는
사망 유희로 밥을 먹으면서
한편으로 삶의 이야기를 새긴다.
사망 유희로 밥을 먹는다.
제7권 2026년 초 발매 예정.

환영과의 싸움에서 이긴 나는
순조로운 플레이어 생활을 보내고 있었다.
어떤 때에는 해적 게임을
또 어떤 때에는 유령의 집 게임을
모두 여유롭게 클리어한다.

그러나 평온하게 지낼 수 없는 팔자를 타고난 것인지
바깥에 눈을 돌릴 여유가 생겨서인 것인지
끊임없는 트러블이 게임 밖에서 발생한다.
어떤 때에는 살인 청부업자인 소녀가 방문하고
어떤 때에는 나의 집, 토치노키장(莊)의 이웃 주민이 유괴당하고
어떤 때는 나의 거주지, 하루니레시(市)를 지배하는
불량 그룹의 다툼에 휘말린다.
이를 전부 물리치고 평온한 생활을 유지할 수 있을까?

사망 유희로 밥을 먹는다. 6

초판 1쇄 발행 2025년 11월 20일

지은이 우카이 유시
일러스트 네코메타루
옮긴이 이희경

책임편집 김기준
디자인 윤가영, 이지희
책임마케팅 최혜령, 박지수, 도우리, 양지환
마케팅 콘텐츠 IP 사업본부
해외사업 한승빈, 박고은
경영지원 백선희, 권영환, 이기경, 최민선
제작 재영 P&B

펴낸이 서현동
펴낸곳 ㈜오팬하우스
출판등록 2024년 5월 16일 제2024-000141호
주소 서울특별시 강남구 테헤란로 419, 11층 (삼성동, 강남파이낸스플라자)
이메일 ofansnovel@naver.com

ISBN 979-11-7577-043-0 (04830)
ISBN 979-11-94293-23-1 (세트)

오팬스노벨은 ㈜오팬하우스의 출판 브랜드입니다.

O'FAN's NOVEL

조금 특별한 이웃의 위장과 심장을 사로잡는
식욕 자극 러브 코미디!

제19회 MF문고 신인상 《우수상》 수상작

내 배덕한 밥을 조르지 않고는 못 배기는, 옆집의 톱 아이돌님

오이카와 키신 지음 | 히즈키 히구레 일러스트